異遊鬼簿II
笭菁作品44
野之女
笭菁

目錄

CONTENTS

異遊鬼簿II：丑時之女

楔子

尖銳的水果刀在月光下閃爍紅色的光芒，男子坐在早已斷氣的女人身上，瘋狂的以刀子刺進她未被捅爛的區塊，歇斯底里且疾速的進行抽插。

尖刀幾乎已將女人的胸口戳爛，男子並未鬆手，他露出猙獰的笑意，看著鮮血如注，似乎為他帶來極致的快感。

女人瞪大雙眼，頸子以上是屍身唯一完好的地方，向右方望去，那雙眼眸裡最後呈現的是驚恐。

男子終於停下，露出一抹吃太飽的滿足笑容，撐著滿地的鮮血與碎肉，緩緩移上些許，捧起女人的下巴，將她轉過來面對自己。

「我最討厭妳這樣看著我了！」男子將刀尖戳進死不瞑目的眼窩中，硬生生把眼球從眼窩裡挖出來。

然後他在女人的臉上恣意進行直紋切刻，像小學生的勞作般，從額上直到下巴，畫出如籃球般的圖紋，每一刀都深可見骨，男子捧著頭顱如同珍寶，細心的一刀一刀切著，尚有餘溫的血汨汨流出。

忽然，他手一頓，緩緩環顧四周。

將手上的屍體扔下，渾身是血的男子站起身，踏著血紅黏稠的足跡，往臥房裡走去。

「小風？」他咧嘴而笑，溫柔的呼喚著。「小風？出來，沒事了！叔叔只是跟媽媽吵架而已！」

他來到孩子的臥房，整齊的床上殘餘凌亂的被子，但該睡著的小孩不見了。

「妳不乖喔，為什麼還沒有上床睡覺？」男子一步步走向衣櫃，他怎麼會不知道，那死小孩躲在哪裡。

衣櫃裡睜著一雙驚恐的雙眼，女孩緊緊抱著泰迪，渾身抖個不停！

她看見了！看見叔叔一刀刺進媽媽的身體裡，然後一直刺一直刺一直刺，刺到媽媽的身體都快爛掉了也沒有停手！

她嚇得躲起來了！怎麼辦？怎麼辦？叔叔進來了，他現在要來殺她了！

衣櫃間隙的光突然被遮去，女孩狠狠倒抽了一口氣，顫抖的唇也泛白——叔叔要來殺她了！

剎——衣櫃門倏地被打開，女孩眼裡看見的是染血猙獰的怪物。

「找到妳了，小風……」男子渴望般的笑著，握著刀子的右手藏在門後。

「哇呀——」女孩立刻發出尖叫，並同時將手上的泰迪往男子臉上扔去，趁著數秒的空檔，她猛然從衣櫃往外跳。

「幹！」男子被泰迪分了神，來不及攔住女孩，他忿忿的將刀子插進泰迪的胸口硬把玩偶扯開。「小風！妳給我過來！」

大門他已經反鎖了，才八歲的女孩能做什麼？

女孩驚慌失措的衝到客廳，蒼白著臉看見倒臥在血海裡的母親，那是張被切、割開的臉，還有被挖出的雙眼，那窟窿正望著她。

嗚——女孩不住的發抖，救命！救命！好可怕！好……

一個模糊的人影站在媽媽身邊，像是俯瞰著她。

「救命——救救我！」她衝著那個人大聲嘶吼著，「救我！」

人影彷彿錯愕，顫了一下身子。

「妳這賤女人，以後長大一定跟妳媽一個樣，危害世人！」叔叔右手執刀，左手抓著胸口殘破、棉花外露的泰迪而至。「就喜歡用那種狗眼看人低的眼神看我，賤貨！」

「救我！」女孩再次嘶吼，眼淚已經模糊了她的視線。

她看對方毫無反應，拔腿衝向大門，卻踩上母親的血液，瞬間滑了個四腳朝天，朝前方直線溜去，直到撞到沙發為止。

忍著屁股跟腳的痛楚，女孩掙扎求生，男子享受著女孩的恐懼與淚水，他不需要急，因為這孩子根本離不開屋子。

女孩衝向門口，大門深鎖，她歇斯底里的敲著門，希望外頭能有人聽見。

「妳——」人影來到身後，執刀的影子映在門上，將女孩遮住。「想去跟媽媽一起嗎？」

「我不要——」女孩失聲尖叫，不敢回頭的往左奔去，男人伸長手，沒想到卻落了空。

女孩直直衝向陽台，忍著強烈的恐懼跨過母親的遺體，將玻璃門打開，她要到陽台喊救命，這樣大家就聽得見。

「幫幫我！」滿手是血的她，連扳開玻璃門的鎖都嫌困難，回首望著站在那兒不動的陌生人，她可憐兮兮的求救。

喀！門鎖忽然自動開了，女孩不疑有他，小小的手瞬間推開陽台的落地玻璃門。

男子大驚，他火速衝上前，由後一把抱起尖叫的女孩。

「哇！救命！救命！」女孩狂亂的尖叫著，在中庭裡發出回音。「殺人了！救命啊！」

「可惡！」男子瞬間將女孩高高舉起，她嚇得手腳舞動卻無法掙脫！「小風，喜歡玩大怒神嗎？」

咦？女孩發現自己被舉出陽台外，她小小的雙眼忽而瞪大，感受著身上的手猛然一鬆——哇呀呀——

她緊閉雙眼，恐懼感吞噬了她的聲音，她甚至忘記怎麼尖叫了。

「幹拎娘咧……」然後，她卻聽見了叔叔恐懼的聲音。

悄悄睜開眼睛，她看見的是黑色的天空與滿天星斗，偷偷往旁邊看去，她可以看見對面的房子還有往下……高達二十八樓的樓層！

身上沒有任何支撐的她，竟然浮在半空中！

她整個人都嚇傻了！她往左望向叔叔，他也用瞠目結舌的表情看著她，叔叔雙手早已離開她的身體，帶著驚恐步步後退，可是……可是那個人站在叔叔後面。

幾乎是一眨眼的時間，她親眼看見叔叔痛苦的往前走，翻過陽台的牆，淚流滿面的大喊著「不要不要」，然後在她面前跳了下去。

頭骨撞上中庭的水泥地時，一如她的尖叫，也發出了巨大的聲響與回音。

她不敢看，閉起雙眼的她感受到身下有了支撐——有人正抱著她。

『從今天起，妳就是我的人。』

抱著她的人，聲音低沉冰冷得不像這世界的人。

『等妳最美的那一天，我會將妳帶到我身邊。』

她聽不懂……為什麼會發生這種事？媽媽死掉了，那可怕如黑洞的雙眼望著她，正望著她。小風緊繃著身子，淚水不停擠出，抱著她的人是如此冰冷，她幾乎快凍死了。

好想睡……不行，媽媽死了，她要陪著媽媽！遠處好像有警車的聲音，可是她睜不開眼了！為什麼她睜不開眼了？

女孩身子一軟，悲痛驚恐的陷入昏迷。

如果時光可以倒流，她會選擇被叔叔殺死，也絕不向「祂」求救。

第一章·死意

好不容易擠出捷運站，女孩大口的喘了口氣，人說上班就像戰鬥，她說啊，連上班途中都像戰鬥。

看著手錶顯示再一刻鐘便得打卡，她火速衝向公司旁的星巴克！

打開玻璃門，她只是進入另一個戰場而已。大排長龍的人們，正要買杯咖啡跟蛋糕當早餐！到底是誰說經濟不景氣的？拿星巴克當早餐的人這麼多，一組要多少錢啊？加起來是她兩個小時的時薪耶！

「啊！惜風！這裡！這裡！」櫃檯邊的男生拚命揮手。

惜風揚起微笑，在眾人質疑不悅的眼神中擠到櫃檯邊，男生將一個中型紙袋遞給她。

「大杯拿鐵。」他準確唸著她要的品項。

「謝了！」惜風接過紙袋，「我餘額還夠嗎？」

「夠！不夠會跟妳說的！」游智禔壓低了聲音，惜風直接把隨行卡放在他這兒扣款，才能享有先準備好的待遇。

當然，最主要是他們是高中至今的同學，哪有什麼不能方便的呢？

惜風無視眾人怨妒的眼神，從容離開星巴克，手裡的咖啡一杯是她的，一杯是老闆的。同事間都知道她有熟人在裡頭打工，但她說什麼就是不肯幫忙多帶。

因為人是貪得無厭的生物，今天她答應幫一個人帶，明天就會有兩個、三個、四個，直到哪一天她負荷不了，拒絕第五個時，第五個人就會說她厚此薄彼，說她了不起，甚至會到星巴克去告發她利用關係。

她才不想沾惹一身腥。

「早！早！」進入辦公大樓，所有人都在電梯前等候，爽朗的女孩正一一跟大家道早，瞧見遠遠走來的惜風，不由得綻開欣喜的笑容。「惜風！早啊！」

「早。」她甜甜的笑著，其實沒有什麼誠意，只是社交禮儀。

「妳不是剛從小琉球回來嗎？好玩嗎？」小雪是跟她一起打工的工讀生之一，個性相當開朗，惜風的定義是很吵。「聽說，妳們遇上颱風了？會不會很可怕啊？」

「颱風啊……倒是還好。」惜風忽然泛起了相當有趣的笑容，「比颱風可怕的事情多著呢！」

「咦咦咦？看妳的表情就知道有好玩的事發生！」小雪驚呼出聲，她最愛八卦了！

「快點分享一下！」

「嗯，很有趣呢！」惜風認真的點著頭，「不過我懶得說，妳去找又慈吧！」

又慈——跟惜風一起去小琉球玩的人，她一直很想去玩卻苦苦找不到伴，之前不經意的詢問惜風，竟然立即得到首肯。

不過呢，又慈可能一點都不覺得有趣跟好玩。

在小琉球的三天兩夜，罕見的出了好幾條人命，連之前失蹤的少女屍體都在珊瑚礁下被尋獲，已經成了這些天的新聞焦點，小雪也知道這件事，才想問問在當地的惜風是否有看到什麼熱鬧。

被這樣直接的回絕，小雪臉上不禁三條線。

但這就是惜風，一個看上去恬靜柔美，披散著一頭烏黑長髮，個性卻怪咖到極致的人。

像今天剛放假回來，小雪來回梭巡過她全身上下，還真是沒一樣多餘的東西，除了拎著老闆的咖啡外，就沒有其他伴手禮的樣子。說不定有帶幾包糖果來請大家吃，那倒也不錯。

不過她已經習慣了，惜風就是這樣。她之前送小禮物給她時，不但被正經八百的拒絕，還被反問：「為什麼我要收？」

哎喲，要不是她堅持，根本送都送不出去！

電梯終於來了，大家魚貫走入，最後一個進來的是「邋遢大叔」，大家都這麼稱呼他，他是十七樓公司的員工，總在固定時間上班、固定時間吃飯，生活分秒不差的照著時間表在走的人。

可他總是油頭垢面，穿的衣服鬆垮皺摺，不知道是誰先起的綽號，叫他邋遢大叔。

惜風被擠到最角落去，瘦小的她不佔空間，小雪就挨在她身邊，能擠盡量擠，就為了早點進公司。

惜風背對著人群，貼在電梯的鏡子牆上，雙眼望著鏡裡的眾人，忽然輕輕「啊」了一聲。

「嗯？怎麼了？」聲音很小，但小雪還是聽見了。

惜風瞥了小雪一眼，露出一種謎樣的笑容，指尖指著鏡裡的邋遢大叔。「他出現死相了。」

咦？小雪瞪大了雙眼，什麼東西！

死相？小雪用力眨動雙眼，惜風卻緊接著瞇起眼，硬擠出滿滿的笑容，若無其事的貼在鏡子邊，雙眼緊盯著低垂著頭的邋遢大叔瞧。

倒也不是什麼烏雲罩頂，面露死相的人很好辨認。因為在他們的臉上，會清清楚楚的出現他們死亡時的樣子；用那張死亡的臉過最後的生活、說話，她不管看幾次都覺得不舒服。

但倒也習慣成自然。

邋遢大叔正低垂著頭，差一點點就頂到電梯門，頭上的鮮血不停滴落，變形凹陷的頭頂像爛掉的西瓜，從電梯門的反射還可以看見正中央裂開的模樣，腦子應該有一大塊不知道掉哪兒去了，大量鮮血從裂口處湧出。

十五樓，有人喊了聲借過，邋遢大叔挪移身子，側著臉剛好與鏡裡的惜風四目相交。

哎呀，連眼球都因猛烈的撞擊彈出來了啊！怎麼看都應該是高速撞擊，是車禍嗎？還是……

十七樓，有許多人一塊兒離開，惜風轉向樓梯口正面，看著邋遢大叔離去的身影，頭破血流，只要她願意，也能看到身體的其他部分，不過照這樣子看來，他是墜樓。

意外或是自殺？這個無法從人的死相上分辨出來，但她知道二十四小時內，這個人一定會死亡。

因為他已經在死神的名單內了。

站在一旁的小雪覺得不大舒服，看惜風嘴角帶著淺淺笑意，緊盯著邋遢大叔不放，她不懂惜風說的話，但至少聽得懂什麼是死。

二十五樓，電梯裡只剩下她們公司的人了，最後面的惜風緩步離開，平底鞋一移，感覺到有東西在摩擦地板。

沙……像石子一樣的物體刮過地面，讓惜風忽地睜大眼。

「咦？」她立即舉起腳，望著地板上的黑色沙石。

「怎麼了？」另一個閃過她出去的同事回頭看了一眼，「啊？石子喔，等一下有人會掃啦！」

「不，我來就好！」惜風綻開喜出望外的笑容，火速蹲下身，從皮包裡拿出一個小袋子，回眸對著小雪笑。「可以幫我按住電梯嗎？」

「……好。」小雪雖然覺得困惑，卻還是趕緊幫她按住。

小雪留神瞧著惜風手上的透明袋子，裡頭裝了許多透明的小罐子，以及一根鑷子。

只見她小心翼翼的夾起地上那些黑色石子，用喜悅迷人的笑容，將之放進小罐子裡，那些圓罐子裡也放有許多類似的石子。小雪不懂，這不是璞玉也不是鑽石，只是一些像碎沙碎石的東西，惜風在收集這個？

「這是什麼？」小雪彎下身子，忍不住問了。

只見惜風鑷著一顆黑石，回首對她揚起欣喜的笑容。「死意。」

嗄！不問還好，這一問又讓小雪錯愕——死意？是一般人所說的死意嗎？她不安的嚥了口口水，在小琉球時，又慈曾傳簡訊給她說惜風太怪咖，動不動就提什麼死不死的，沒想到真的怪咖到極致了。

「好了！」惜風滿意的把包包收好，起身走出電梯。「謝謝妳！」

「不……不會。」小雪下意識與惜風保持距離，不知怎地，她竟覺得全身發冷。

惜風悠哉悠哉的走進辦公室，原來邋遢大叔是自殺啊。只有自殺的人，才會這麼早就留下一大堆死意，他的死意結晶如此多，看來是死意堅決。

「早安！」小雪一進辦公室區，就看見大家圍在一起，熱鬧非凡。「咁？發生了什麼事？」

「厚——沒有啦！」幾個女同事回頭，「又慈帶小琉球名產來給我們吃了！」

每個人手上都是東港碼頭那兒買的杏仁櫻花蝦，吃得不亦樂乎，一轉身看見走在身後的惜風，直覺性的也往她手上看去。

「她沒帶啦！你們不必看了。」又慈懶洋洋的說著，倒是不怕讓惜風聽見。「她沒有買任何等路[1]回來！」

啥？同事們紛紛投以奇怪的表情，大家都知道她們出去玩，帶點東西回來不是基本禮貌嗎？

惜風倒是不以為意，扔下包包，直把手上的咖啡往老闆辦公室裡送。

為什麼要送禮？

這是什麼不成文的規定？今天她出去玩是她的事情，為什麼因為她有能力有時間有錢出去玩，就要買東西回來給朋友、給同事？這種邏輯她從來就想不通！

而且沒有給同事的話，就表示她不懂禮貌、小氣，人際關係失敗！

她的錢不能選擇花在哪裡嗎？而且人家願不願意買東西致贈，也是別人的自由，為什麼要把錯誤歸咎於出去玩的人身上？這種文化到底是怎麼興起的？

---

1 台語，伴手禮之意。

為什麼不是抱持著正面的感激之意？今天如果對方在意我，願意給我小禮物，我則感恩的知道我們之間的關係到達朋友的地步；沒給的話就表示君子之交淡如水，不是嗎？

何必不熟的裝熟，沒關係的硬扯關係，那對於真正在意的人又該怎麼說？

又慈大肆採買時她就這麼說了，真的很無聊。

又慈剛把這套言論認真的跟大家說了一遍，所有同事莫不皺起眉頭，他們都知道惜風怪，可是沒想到這麼不近人情。

「喂，惜風，妳的理論很奇怪耶！」有人忍不住開口，「這就是一種社交啊！我上次出國時不也買了東西回來嗎？」

惜風幽幽轉頭，「我沒有吃。」

唔——同事覺得自己被一箭穿心，她……她沒吃。

「你自己想買來給大家吃的不是嗎？為什麼你做我也要跟著做？為什麼人得要隨波逐流？」惜風端起自個兒的咖啡，悠然一笑。「人生很短的，最好照自己的方式過活。」

因為你不會知道，能不能活過下一秒。

一旦臉上出現死相，絕對活不過二十四小時。

所以她總是覺得很可笑。看著路上為了自己的白色靴子被踩髒而跟路人理論的貴婦，卻不知自己稍後會被卡車輾過，上半身捲進輪胎中，下半身完好如初，的確保有白色的靴子。

也曾看過在巷弄間逞兇鬥狠的流氓，狠狠海扁無辜的人之後，揚言隔天要放火燒掉哪裡哪裡，但當晚就被人活活打死。

或是汲汲營營在盤算要怎樣剝削外籍勞工的生意人，晚上去買菸時，被一輛機車撞死。

還有忍氣吞聲，陪著笑臉迎合周遭所有人，連自己人生目的是什麼都還搞不清楚的上班族，因為失足而摔死。

人的生命變化多端又短暫無常，如果這些人都知道自己活不過二十四小時，或許不會為那雙白色靴子吵架、不會花時間打人，或許會幫勞工加點薪，茫然無所適從的上班族可能會把握時間尋得目標。

人吶，應該要把每一天都當成是最後一天般，努力而精采的活著才是。

不管怎樣，總比她好吧？

「有夠怪的！」小雪低聲抱怨著，「我平常就覺得她很怪，今天更可怕！」

「怎麼了嗎？」又慈一副過來人的語氣，「妳不知道我跟她去小琉球玩有多掃興！動不動就談誰會死，有幾個人會死！」

「咦？」小雪蒼白了臉色，「該不會是……什麼誰出現了死相吧？」

一大群同事頓時噤聲，趕緊縮在一起繼續低聲討論著。

「她剛剛在電梯裡還撿石子耶！」

「她在小琉球時天天撿啊，說那是死意！」現在提起來，又慈還是覺得毛骨悚然。

「我之前都不知道她是那樣的人……」

「那是什麼？妄想症嗎？」其他同事紛紛插口，「同事裡有人有精神疾病不好吧？」

「會不會覺得我們要殺她？然後先下手為強？」這同事驚悚電影看太多。

「現在精神病患者好多，這太可怕了，簡直是不定時炸彈！」

「她剛剛在電梯裡還指著邋遢大叔說：『他出現死相了……』這說法好嚇人！」

小雪聲音都怪起來，「死相是什麼意思？是開玩笑的那種，還是——」

還是？這要怎麼回答啊？在小琉球時，她常常掛在嘴邊啊！

後頭忽然傳來急促的足音，有個男生急急忙忙衝進來。「老闆來了！」

瞬間所有人作鳥獸散，各自回到工作崗位上，彷彿剛剛那同樂會的時光不曾存在似的。惜風抬首看向時間，還有五分鐘才上班，幹嘛把自己搞得這麼緊張兮兮？

惜風，大學生，利用課餘到律師事務所打工，她當然是法律系的學生，目標是通過司法考試，她想當律師或是檢察官，利用自己的天賦，看清對方究竟有罪無罪。

「祂」只說不能干預人的死期與命運，一切繫之於「預知」。

所以她不要踩到這條線不就好了？

不過話是這麼說，她自己也不知道自個兒的死期是什麼時候，說不定等一會到女廁所照鏡子時，就可以看見自己的死相。

「惜風！小雪！」老闆果不其然一進門就吆喝，「進來一下！」

小雪立刻火速站起，把筆記本跟筆匆匆勾進手裡，急急忙忙的要走進去，途中經過惜風身後，忍不住低聲催促。

「還沒上班。」惜風咬下一口三明治，「還有四分鐘。」

她無所謂的聳聳肩。過度配合雇主只是造成對方的習慣性壓榨而已，說穿了，重點是她並不是非這份工作不可，她有更需要堅持的地方。

「哎！妳想準時上班就別那麼早進來嘛！」小雪不悅的往老闆辦公室走去，早進來了又無視老闆的命令，怎麼可能！

惜風根本當馬耳東風，她毫無壓力的喝著她的咖啡、吃她美味的三明治早餐，儘管附近同事都為這位短期工讀生捏一把冷汗，她還是悠哉悠哉的度過早餐時光。

甚至老闆喊了第二次，她也認真的因為還有一分二十秒而緩緩把早餐吃完。

叮，九點整。惜風終於離座，抱著筆記本與筆，直直走向辦公室裡。

「妳真大牌！我叫妳兩次都不理？」律師正坐在皮椅上，雙手抱胸的瞪著她。

「現在才九點。」惜風說得平靜，「以時間算錢的老闆應該知道時間的寶貴。」

「妳——妳有沒有搞懂妳是來做什麼的？妳只是個工讀生耶！」吳昱輝氣急敗壞的拍桌子。當初是看在惜風的優異成績還有……恬靜的外貌才錄用她的！

「是啊，朝九晚五，我九點準時上班，五點準時下班，從來沒有偷懶過。」她勾起淺笑，一點也不以為忤。

惜風總是這樣，與一般雄才激辯的律師不同，用平淡的語調，溫柔的嗓音，軟軟的訴說她的理由與堅持，說什麼都不讓步。

像是水牆，你可以切開、可以刺穿，但它總是會恢復原狀，佇留原地不動。

吳昱輝皺起眉，現在像惜風這麼不識時務的學生很罕見，畢竟大家總會做一下表面功夫，而且身在職場，他又是老闆，能如此無視的人不多。

但她有足夠的能力，長得也順眼，他是個極重外貌的人，放個美女在身邊比較賞心悅目，更何況短期打工，也耗不了太久。

「下星期我要出差一趟，想帶妳們出去。」吳昱輝深吸了一口氣，語出驚人。

「咦？」小雪忍不住叫出聲，帶工讀生出去！

惜風飛快的翻閱手上的行事曆，下個星期……噢，是前往日本京都的行程，老闆沒說過要去幹嘛，但機票是她負責訂的。

「嗯，在那裡也會有一些法務上的交流，主要是跟日本一些律師見見面，一個形式而已。」吳昱輝漫不經心的說著：「國內也有好幾位律師會過去，很多東西要妳們幫忙準備。」

「是！」小雪一聽見可以出國玩，已經心花怒放了。

惜風倒是從容的在筆記本上記錄著，老闆、小雪、她。咦？可是老闆當初要她訂六張來回機票啊！

「還有三個人呢？」她提出問題，「總共有六張機票！」

「噢，葉助理當然會去。另兩個呢——」吳昱輝蹙起眉想了一下，「是我老婆跟孩子，她們會提前兩天出發。」

惜風點點頭，葉助理是老闆的貼身助理，這兩天剛好請病假。

「要準備具台灣風味的禮物，不能跟其他律師重複，總共要二十份；還有日本有專車接送，但我不跟其他律師一起坐，所以需要代步工具跟司機。」吳昱輝眼神瞟向小雪，「妳會開車對吧？」

「是！」小雪有點錯愕，她是會開沒錯，但是……「老闆，日本的方向跟我們不同，還是找當地人吧？」

吳昱輝蹙眉，像是很為難似的，勉強才點了頭。

接著她們兩人的筆飛快書寫，果然不是白帶她們去玩的，但書一堆，還有堆積如山的事得處理。

等她們走出辦公室時，小雪已經覺得心浮氣躁，肩頭有成山的工作壓下來，外頭的同事卻抱以羨慕的眼光望著她們。

「工讀生啊……為什麼工讀生有這種福利？」資深的助理忿忿不平。

「就因為是工讀生才可以吧？要不然我們走了工作怎麼辦？」幸好大家還是能理

解的，「天哪！京都……好羨慕喔！」

「嘿……」小雪沒剛剛笑得自在了，望著手上行事曆的待辦事項，就已經一個頭兩個大。「你們看看我們要做的事情，可能會把前言撤回。」

惜風已經坐了下來，準備整理一下待辦事項，總是得跟小雪分工合作，一個人做不了那麼多事。小雪見她如此積極也不怠慢，挪了椅子挨近她身邊，兩個人開始正經的討論分配工作事宜。

跟眾多律師助理交際的事由八面玲瓏的小雪負責，惜風則去準備採購評比跟部分書面資料，她喜歡做文靜的工作，當然需要辯論時也是辯才無礙。

「咦？」

坐在走道邊的惜風，因為討論而面向窗戶，她忽然分了神，瞪大眼往窗外看。

「什麼？」小雪被她驚訝的神情分神，也轉過頭去，只看見OA中辦公的同事們，還有一扇扇窗明几淨的窗戶，有什麼嗎？

「來了。」惜風瞇起眼，下巴輕抬，雙眼凝視著垂放而下的百葉窗，像要把百葉窗燒出個洞似的。

什麼跟什麼啦？小雪又禁不住竄起雞皮疙瘩，她看八百次了就是什麼也沒有啊！

只有百葉窗跟認真的大家，現在坐在靠窗的 Roger 正起身，手裡拿著馬克杯，看起來是要去茶水間倒茶——咦？

小雪忽然整個人跳了起來，連走到一半的 Roger 都止住了步伐，剛剛窗外有一抹龐大的黑影掠過！

砰！在她反應過來之前，樓下就傳來驚人的巨響，伴隨著尖叫聲。

「哇呀——」

「有人跳樓了！」

寂靜的辦公室在一秒後瞬間動了起來，所有人立刻往窗邊衝去，拉開百葉窗，踮起腳尖往樓下看！

從二十五樓往下看去，還是可以看見穿著黃色衣服的男人，呈大字形趴在大樓的階梯上頭，紅色的鮮血迅速漫流，往階梯下滑動。

好不容易擠到前頭的小雪完全呆然，雖然很遠，但她剛剛才看過那件土黃色的衣服——好像是十七樓的邋遢大叔？

『他出現死相了。』惜風的聲音忽然在她腦海裡擴大，小雪猛然回首，看見坐在椅子上的惜風，八風吹不動。

她只是沉靜的望著窗外，托著腮，不似大家的好奇和熱鬧，也沒有什麼表情。

剛剛在電梯裡時，惜風說大叔出現了死相？在大叔跳樓前幾秒，惜風彷彿就察覺到似的……會有這種事嗎？小雪不由得全身都發起抖來！

浮在窗外的身影正低首看著樓下的屍體，那是個稚齡的小男孩，有張天真無邪的臉龐，還有與邋遢大叔神似的五官，祂正微笑著，似乎滿意於工作已圓滿結束。

彷彿注意到辦公室裡有人在注視著祂，祂緩緩轉過頭來，與惜風四目相交。

小小的食指擱在唇上，說了一聲「噓」，然後憑空多出一條帶子，抓著帶子往下衝去。

惜風知道，那是「識別帶」，死神將之繫在死亡的人身上，好讓來接送的人方便找尋。

果然是自殺啊。她勾起笑容，悄悄拿起皮包裡的透明袋子，看樣子在警察來之前，她還有機會到頂樓去撿拾更多的死意！

「惜風！」

在她進入電梯前，小雪叫住了她。

她回首，見著的是小雪蒼白的臉。「怎麼了？」

「妳……」小雪連說話都話不成串，「難道知道……邋遢大叔會自殺？」

一問出口小雪就後悔了，她在說什麼啊？這簡直是荒唐的事情，難不成惜風可以預知人的死期嗎？這太荒謬了！

只見惜風勾起一抹神秘的笑容，逕自走進電梯裡。「大概知道。」

咦？小雪狠狠的倒抽一口氣，「妳……為什麼……不阻止他？」

「永遠不許插手死神的獵物。」她按下了頂樓鍵，「這是他選擇的命運。」

電梯門緩緩關上，在闔上的瞬間，小雪注意到惜風手裡緊拽著那透明的袋子——裝有碎石子跟沙子的東西！

剛剛進入辦公室前，惜風曾拾撿電梯裡的石子，用滿足的神情說著：『這是死意啊！』

人說死意堅決，表示欲死的意志。那個位置就是邋遢大叔站的地方，惜風真的知道邋遢大叔要自殺，而她稱之為死意的東西就是大叔意圖自殺的意念？

怎麼會有這種事？小雪抱頭狂搖，她想太多了，這簡直就是妄想症！

她腿軟跪地，手腳都泛出冰冷，只是待她抬首看見電梯上顯示的數字時，冷汗瞬間浸濕了襯衫。

惜風帶著撿拾死意的袋子，上了頂樓。

這個同事，到底是什麼來歷？

第二章・重逢

在邋遢大叔跳樓後，惜風宛如變成危險人物似的。因為在早餐時間，小雪轉述過惜風在電梯裡說的話，一小時內，大叔竟跳樓身亡。

這儼然是死亡預告。讓所有人不禁對惜風心生恐懼，沒有人敢多問，也沒人膽敢再接近她，小雪更是嚇得連見到她都會不舒服，但因為工作緣故，不得不跟她共事！

大叔跳樓後沒多久，她就到頂樓去撿拾黑色的石子，結果看熱鬧的還不只她一個，一堆人都被帶到警局問話，只不過大叔的遺書留在那兒清清楚楚，案子很快就以自殺案結案。

「是嗎？」那天中午，在同事說出這則新聞時，惜風忽然又幽幽下了註解。

她短短兩個字的問句，可讓在場所有人毛骨悚然啊！

不然咧？難道邋遢大叔不是自殺嗎？

惜風倒也不是危言聳聽，她之所以這樣問是有原因的，因為在大叔跳樓後，死神現身前，她親耳聽見了幽冥晦暗的聲音。

『第……一……個……』

三個字雖然拖了長音又有氣無力，但很確實的傳進她耳裡。她個人不喜歡「第一個」這樣的詞，相較之下她比較喜歡「最後一個」，因為第一個代表才剛開始，最後一個則是結束。

這件事搞得她有點神經兮兮，不由得開始注意每個人是否露出死相，急著想知道第二個在哪裡。

但工作忙碌，她能留心的時間也不多，一轉眼就到了要出國的日子。下午的班機，早上老闆特意讓她們放假，方便整理行李，時間充裕多了。

她在屋子裡忙轉著，好不容易把行李箱蓋上，一抹黑影自行李箱反射而出，她的背脊頓時一陣冰涼。

「我沒想過要逃。」她重重的嘆了口氣，僵直在行李箱前。

她不是沒動，而是不能動。

冰冷的手由後箝制住她的頸子，另一隻手緊摟著她的腰際，幾乎快要把她的腰給掐斷。

「逃得了一時又逃不了一世。雖然你不能到海外去，但是手續辦一辦遲早能過來，到時我不是自討苦吃？」她痛得皺起眉，「放開，你弄痛我了！」

頸子上的白骨如彈奏鋼琴般的舞動著，自小指到拇指，再自拇指到小指，好像在思量盤算著；而摟著惜風腰際的卻是正常人類的手，好不容易終於略鬆，讓她得以喘息。

幾秒後，她身後的箝制鬆開，惜風微微踉蹌的往前，回眸瞪向身後的黑影，滿臉不悅。

動不動就動粗，要是大家都是人，她還真想聲請禁制令咧！

她走到床邊，從枕下拿出一個盒子，裡頭只放了一支眼線筆，深黑色澤，具有讓眼睛放大的效果。

再走到鏡前，好整以暇的把眼線畫上。

「我出國時不想看見任何人的死相。」她解釋著，所以她必須畫上這眼線。

只要畫上眼線，就可以杜絕看見人的死相。

『妳害怕什麼？』低沉具有威嚴的嗓音傳來。

「沒怕什麼，只是不想看。」她朝著自己右手邊說著，「小雪現在跟我共事很辛苦，我不想再有任何怪異的舉動影響她。」

『是嗎？』對方充滿質疑。

「對！」惜風畫上眼線，雙眼變得炯炯有神，對於原本就有張姣好臉龐的她，無疑具有加分效果。「我要出發了，五點的班機。」

『別走高速公路。』沉重的行李自己動了起來，往門邊推去，惜風正把眼線筆收進包包裡，一臉錯愕。

「會出事？」

『有三個傢伙在那兒久候多時了，聽說是大任務。』換句話說，死亡人數將不止三人。

惜風嘆了口氣，自從能看得見人類的死亡，以及能與死神交談後，她才知道，原來地球六十五億人口，每天都有大量的人步入死亡。有意外、有謀殺、有輕生，光台灣這蕞爾小島，就已經讓死神們忙不過來了。

儘管知道今天高速公路會有事情，她仍舊不能插手，因為生死有命。

叫了輛計程車，她還先確認一下不走高速公路如何抵達機場，才打開地圖，有一段路自動成了鮮紅色，她便知道哪一段會出事了。

自動移動的行李跟著她飄浮下樓，一直到外頭有人煙時，她才拉起行李拉桿，逕自往外頭走去。

「我走了。」她喃喃的對著空氣說。

肩頭一陣冰涼，像是有人輕搭她的肩一般，那是一種回應。

上車後，她堅持將車子開到五股再上高速公路，司機雖然丈二金剛摸不著頭腦，但既然是客人的要求，自然是硬著頭皮照做，反正跳表費用也是客人支付。

計程車在北市穿梭，擁擠的車潮跟無數個紅綠燈，讓行車速度異常緩慢。

一個紅燈，車子都停了下來。惜風自然的往窗外望去，她車子的隔壁也是計程車，裡頭的男子望著手錶，神色有些著急，看起來似乎也在趕時間。

她定神望著那個男子，彷彿似曾相識。

咦？惜風瞪大了眼睛，是他！

還來不及說什麼，對車的車窗倒是搖下來了。

「喂！妳！」男子伸手敲了車窗，「妳！」

「小姐！妳認識的嗎？」司機顯得很緊張，要不是沒退路，真想把車子移開。

「沒關係，我認識的。」車窗自惜風面前降下來，衝著對面的男子。「嗨！」

男子凝視她，果然是在小琉球時看過的女生。「世界真小。」

「台北也不大。」她聳聳肩。

不久前才剛去小琉球處理一件法事，好友夫妻在那裡遇上了點事，偶遇這個女生。從好友的口中知道，是個行為怪異，但頗有文章的女孩。

似乎能瞧得見人的死期，而且還具有天眼，能夠在未告知的情況下知曉狀況，甚至他們的名字。

最重要的，她說了一句至今仍令他心痛的話。

「我不必自我介紹吧？妳知道我叫什麼，對吧？」男子往前探視，只剩二十秒。

「我不知道。」她誠實以告，平時都是死神告訴她的，今天他不在身邊，沒人可說。

「這可神了……沒時間了，我有很多事情想問妳，但得先趕去桃園。」男子扔進一張名片，小小的紙卡落在她的膝上。

前頭的紅燈進入倒數，惜風望著腿上的名字——「賀濔焱」。

車窗緩緩上移，男子比了個講電話的姿勢，意思是請她打給他。惜風腦子裡卻出現桃園兩個字，抬首望著紅綠燈上的標誌，高速公路往右，隔壁的計程車緩緩駛動，打了方向燈。

右邊。

「不！」惜風下意識的大喊起來，連司機都嚇了一跳，她伸長手使勁拍打著那已闔上的車窗。

這動作也讓隔壁計程車的司機猛踩煞車，一臉疑惑。

叭——後頭的車子不耐煩的按起喇叭來，兩台計程車就卡住了兩個車道，到底是在演哪齣？

「小姐！妳在幹什麼？」司機也慌了，他們真的佔住車道了。

「不能去！」隔壁車已經移動，她搆不著了，看著車窗終於降下，男子探出了一顆頭來。「不要走高速公路！」

咦？賀瀮焱愣了住，望著從他面前掠過向左彎去的計程車，惜風正用凝重的雙眼望著他，嘴型一個字一個字的說著：「不、要、去。」

「小哥啊！」這邊的司機也慌了。

「別走高速公路。」他冷靜的說著：「跟著那台計程車走。」

「啊？你要去桃園不走高速公路的話，要繞很遠啊！」司機仍在做最後掙扎，方向燈閃爍。

「向左。」賀瀮焱這次的口吻，彷彿不容司機再有任何質疑。

司機切了方向燈，身後的喇叭聲跟過路的咒罵聲不絕於耳，窗戶升起，緩緩的從中間車道往左邊方向切過去，再伸個手致歉。

惜風趴在後窗玻璃上頭，擔憂的神情溢於言表，一直到看見熟悉的計程車追趕在她身後時，露出了喜出望外的微笑——呃！

劇痛自腦門襲至，惜風連叫都來不及，整個人連滾帶爬的從椅子上摔了下去。

軋——司機踩了煞車。怎麼好端端的，這位小姐會從座椅上摔下來卡在中間的縫隙裡呢？

「小姐！」他鬆開安全帶，望著真的卡在縫隙裡的惜風。「妳怎麼了？沒事吧？」

惜風沒有答話，司機只能聽見類似悲鳴的喘息。

他急急忙忙下車，想要打開後門將惜風扶起來，怎麼知道才離開車子，駕駛座的門竟自動關上了！而且他怎麼開都打不開，連後座的門也鎖得死緊！

『妳以為妳是誰？』冷冽慍怒的聲音迴盪在計程車裡，某股力量一把抓起惜風的長髮，逼得她護住頭髮，發出驚叫聲。

司機在車外拉著車門，卻赫見裡頭的小姐猛然自底下起身，但頭髮怎麼好像被人扯住似的，而且只有上半身是被硬拉上來的？

「我沒有……」她吃力的說著，下一秒，那股力量直直把她往上拽，讓她重重撞上車頂，整輛車都晃動了。

『妳竟敢插手死神的獵物？』那是近乎咆哮的聲音。

「我不知道——我看不見！」她掙扎的回應，「他真的是該死之人嗎？」

『妳出發前就知道高速公路會出事的！』聲音就在她的耳邊，冰冷刺骨的手箝制著她的頸子。『妳在干預命運！』

她說不出話來，她快不能呼吸了——這樣也好，就這樣讓她死了吧！她早該在八歲那年，跟著媽媽一起……

車身忽地震動，一陣金色光芒自車窗縫隙而出，強勁的氣直襲而來，那是連惜風都會不舒服的氣場，更遑論身後那個極陰的傢伙！

『什麼——』質疑聲沒有持續多久，死神整個被彈出車外。

惜風無力的趴在座位上，聽著車門被拉開，空氣中灌入一陣舒爽。

「喂！妳沒事吧？」男子的聲音輕揚，「喂！妳！」

賀瀟焱將惜風翻轉過來時，驚訝的瞪大眼睛，她的頸子上，有著黑色的手指勒痕！

一隻手飛快的拉住頸子上的絲巾，惜風睜開雙眼，露出個一點都不好的笑容。「我沒事……」

「哎喲喂呀！人客啊，這是怎麼回事？」司機在外頭闖蕩久了，什麼沒見過？這事有蹊蹺他眼瞎了都看得到！「這樣好了，我不收妳車資，請換輛車吧！」

車門莫名其妙打不開，小姐像是被什麼東西抓著摔來摔去，再來是這位年輕帥哥跟作法一樣口裡唸唸有詞的往他車子比劃，這根本就——毛啊！

「讓我坐你的車子，送她平安抵達目的地，保你全家平安一年。」賀瀟焱看向司機，勾起不懷好意的笑容。「讓你挑。」

「啊？」

「你現在把她扔下來，保證立刻衰運降臨。」他從容不迫的說著，將惜風扶正，遞了前頭的水給她。「我跟她一道坐你的車，幫你改個運，不收你錢。」

一邊說，他將名片遞塞給司機大哥，人倒是往後頭去。剛剛看見那女人的車子陰氣罩頂，急急忙忙的跳下車來，還沒付自己那邊的車錢呢！

「我搭那台車。」他塞了兩千元給司機，「今天都別上高速公路。」

司機聽了實在覺得莫名其妙，但男子的眼神太過堅定，也讓他嚥了口口水，顫抖著收下那兩千元。

回身時，另一台車的司機已經完全進入膜拜儀式了。開什麼玩笑，那名片上面寫什麼？字不必多，光是「萬應宮」三個字，就快要讓他下跪了！

他車子的平安符是在萬應宮求的、家裡的平安燈是特地下台南點的，為的就是這赫赫有名、靈驗得不得了的萬應宮啊！

結果這年輕帥哥的名片上還清清楚楚的寫著「萬應宮宮主　賀濎焱」宮主啊！聽說是幾世以來法力最高的人，之前原本是個女孩子，但現任宮主突然接任，論法力跟功力都比前任高出許多，好多人家裡被魔神仔附身，他一出馬就燒得乾乾淨淨。

燒——這也是聽來的。人家說宮主在作法時，總會摒退旁人，接著就會發現火光沖天，魔神仔慘叫不已，結束後現場會有一股熱氣，晚些萬應宮的人會說已經燒淨了。

這麼靈的高人能坐他的車，真是三生——不，六生有幸啊！他怎麼可能還收人家車錢啊！

「請坐！請坐！」司機笑吟吟的請他入座，賀濎焱便知道這位司機大哥聽過萬應宮。

他一坐進車裡，瞄了眼後照鏡下垂掛的平安符，果然求自萬應宮。

「哎，這叫有緣，有緣對吧！」司機眉開眼笑，「我們現在去哪？」

賀濎焱看向一旁臉色恢復正常的惜風，「妳要去哪？」

「機場。」她幽幽說著，從頭到尾都沒拒絕他的上車。

因為有他在身邊，她感覺舒服很多。

那是強大的靈力，散發著光與熱能，只是這樣坐在同一輛車裡，她就能汲取到久未獲得的溫暖。

一直以來都跟死神為伴，她感受到的只有冰冷與陰暗，很久很久沒有這種通體溫熱的感受了。

「剛剛那是什麼？」沒顧忌司機怕不怕，賀濂焱開門見山的問。

「沒什麼。」她深吸了一口氣，怎麼可能說。

「非常強大的力量，但是屬陰，不是普通魍魎，也不是厲鬼。」或許因為沒有邪氣，「是精怪還是修煉有道的妖嗎？」

「別瞎猜。」她轉了轉眼珠子，朝外頭瞟去。「就是我自己不小心摔下去，僅此而已。」

「是嗎？」他挑高了眉，聽得出她不想說。

賀濂焱不避諱的端詳著惜風的側臉，他狐疑的蹙起眉，認真的再逼前幾公分，終於惹得惜風回過頭來，水靈大眼瞪著他。

「你幹嘛？」這樣直接看人不尷尬的啊？

「哦……妳今天畫了眼線啊？」終於得以瞧見她的正面，「難怪覺得妳今天特別不一樣，眼睛炯炯有神。」

「關你什麼事？」她扁了嘴，這眼線是為了自己的安寧。

「沒事，只是看妳全身陰氣籠罩，就那雙眼睛特別清明。」他可沒瞎說，在他眼裡的惜風，活像是黑白照片走出來的女生。

全身上下都被極重的陰氣包裹，呈現灰黑的黯淡色彩，除了那雙眼睛跟正常人一般清亮外，其他都不正常。但這股冰冷之氣卻沒有邪惡的成分，只能說她體內外都有陰氣，可是卻不是邪鬼妖魅所為。

這就奇了，仔細端詳著惜風。「該不會是陰間之神祇吧？」

「瞎說。」她再度否認。

「好吧，那我問個有憑有據的——」他向後靠在車門邊，深吸了一口氣。「妳為什麼會知道我的事？」

「……什麼事？」她狐疑的看向他，真的是沒什麼印象。

「在小琉球時，妳對我說過的那句話。」他不願提起，那幾乎是他的禁語。

惜風很認真的看著他，說不記得是騙人的。

她連這個男生都記得一清二楚，看起來冰冷且絕情的雙眸底下，藏著深刻的悲傷，那時死神在她身邊，訴說了一段令人動容的往事。

「我是真的不記得了。」她從容的正首，望著前方。「那時可能是有人在我身邊耳語，不是我自己得知的。」

「有人？」賀濔焱蹙起眉，「剛剛那個？」

惜風不語，她不回答太多關於自己神秘的那部分，也不該再多話。

這個男生有著異於常人的力量，甚至可以把「祂」驅離，就怕她話說得多了，難免會說溜嘴。

她可不想再挨皮肉痛。

「真是個保密到家的傢伙，妳還是學生嗎？」氣質與外表看起來不同，這個女孩相當老成。「為什麼穿套裝？」

「在律師事務所打工，我正準備出差。」

「哦，所以要到機場啊！」賀濔焱點了點頭，「真有趣，工讀生竟然還能出差，哪家律師事務所福利這麼好？」

惜風輕笑，倒是大方的遞出名片——老闆的名片。

「法律系？難怪口風很緊，也很會睜著眼睛說瞎話。」賀濎焱笑笑的說，軟式的嘲諷。「要出國卻特意走平面道路啊……司機大哥，麻煩開一下警廣。」

惜風下意識瞪了他一眼，有必要這麼明顯嗎？她剛剛才被懲罰過，他到底知不知道是為了誰！

司機大哥聞言立刻轉開收音機，車子一路往北縣去，從台六十四線滑下去就到了五股，再跟著往上開往高速公路。

車內異常的沉靜，惜風雙手搓揉著雙臂，心裡想著不該會那麼準確。

刻意往窗外看去，事實上是藉機利用玻璃的反射，望著坐在她身邊的人，第二次見面，他依然渾身如刺如冰，不近人情。

清秀的外貌是一種偽裝，和氣的淺笑只是假象，他的雙眼凍人心腑，傲視萬物，不管是什麼東西，在他眼裡似乎都如螻蟻一般。

「你跟著我上車做什麼？」她擔心大家太注意警廣報導，趕緊岔開話題。

「是我讓妳搭便車！」以防她辯解，賀濎焱趕緊往司機方向吆喝。「司機大哥，這是你讓我搭的車對吧？」

「是是是！」呵呵，能跟萬應宮宮主說話，那可是上輩子修來的福呢！

惜風不由得白了他一眼，這傢伙什麼來頭？

『啊！剛剛傳來重大的車禍消息，中山高再度發生了坍方！天哪，事件重演嗎？有聽眾朋友打來說，在國道三十二公里處，發生了嚴重的土石坍方，南下北上的路都已經被堵死了，有沒有車子被掩埋目前還不知道……』

車子的速度忽然放慢了，司機雙手打直的微顫，又一次的坍方事件？那土石滾落，是數萬噸的力量，再厲害的車子也會變成廢鐵……

而發生坍方的地方，就是從台北上高速公路的必經路段。

他不由得自照後鏡望著惜風，這小姐剛剛一上車就堅持不走高速公路，遇到這位高人帥哥之後也一樣，難不成他們早就……

「妳果然早就知道高速公路會出事。」賀澿焱的聲音在緊繃的車子裡響起。

「你在胡說什麼？」惜風面無表情的回應著：「呼，好險我們沒走高速公路，真幸運。」

「聽不出妳語調裡的興奮，要演戲得再逼真一點。」賀澿焱不客氣的拆掉她的台階，「在小琉球也是一樣，我朋友說妳總是說誰出現死相了，妳能預知死亡。」

惜風深吸一口氣，認真的轉過頭望著他，擠出非常難看的笑容。

「我說，我只是喜歡走平面道路，討厭從台北上高速公路而已，你想像力不要這麼豐富。」她挑高了眉，「再來，我不認識你朋友。世界上怎麼可能有人會預知什麼死亡不死亡的呢？」

後頭兩人討論得很從容，前頭的駕駛臉都發青了，車速越來越慢，冷汗涔涔流。

他到底載了什麼人物上車啊？

「司機先生。」一隻手忽然搭在他的椅背上，嚇得他跳了起來，差點滑掉方向盤。

「我要趕飛機，你快一點。」

「好——好！」司機嚥了口口水，管他是什麼，反正萬應宮宮主在此，對吧？

惜風交代完，刻意挪到最右邊坐著，與賀瀟焱拉開一大段距離，要是門可以開，她可能會選擇坐得再外面些。

賀瀟焱倒是饒富興味的望著她，一路走來，他並不是沒看過具有靈力的人，整個萬應宮裡高強的人比比皆是，但是就沒有一個能預知死亡。

預知死亡是跟預知命運是同類的事，而且能在短時間內知道對方命運即將終結，這是不可多得的能力。

也能說是一種詛咒。

更驚人的是——他從這位小姐身上，嗅不到一絲一毫的靈力！

不具靈力的她卻有著強大的陰氣纏繞，陰氣中又毫無邪氣，而這樣的女人竟擁有干預命運的本事？

這不只是特殊，這根本可以稱之為怪胎。

好不容易到了機場，賀濡焱大方的跟著惜風往前走，原本很紳士的想幫她提行李，卻被她狠狠拽走，半句話都懶得浪費，逕自前往櫃檯。

賀濡焱悠哉悠哉的跟著她，順道投了杯飲料坐在一旁喝，看著她跟同事會合，有個西裝筆挺一看就知道是主管的人；另一個打扮入時，非常聒噪的女孩；一旁還有個戴著眼鏡，看上去有點疲憊的女人正在發護照給大家。

她會疲憊是當然的，因為她身上繞著紫紅色的氣體，有一根大大的鐵釘，從她的後背往前刺穿肚子。

女人下意識撫著肚子，他想勢必是肚子疼。

有人正對她下詛咒，而且怨念強烈到可以讓詛咒成真。

「你跟夠了沒？」上電扶梯準備進海關時，惜風終於開了口。

只不過她是正對著前面的小雪說話，賀瀟焱卻是站在她後頭的電扶梯上，有點美中不足了。

「妳身上有什麼跟著？」

到達二樓，惜風抽出機票，準備進海關，出境。

小雪一雙大眼眨呀眨的，跟賀瀟焱四目相交時，不忘露出一個燦爛的笑顏，還揮揮手，好斯文的帥哥喔！

「我要進去了。」惜風停下腳步，正眼看著站在她身邊的賀瀟焱。「你要不要試著問一個我會回答的問題？」

賀瀟焱劃上微笑，看來她是不打算回答關於在車內傷害她的東西，或是她身上的陰氣，甚至是為什麼能預知人的死亡了。

「妳叫什麼名字？」他挑高了眉，這是最不重要的問題。

她揚起滿意的笑容，往裡頭走了進去。「范惜風。」

賀瀟焱隔著玻璃望著她在出境檢查的身影，他一路走到她排隊的地方，那玻璃上黏著一個血肉模糊的女人。嚴格說起來她沒有頭，整顆頭只剩下嘴巴以下還存在，以上倒是被削得一乾二淨。

衣衫襤褸的帶著血跟灰，空難的亡者，經過十數年仍然不知自己身亡，繼續在出入境這兒尋找離開的路。

「借過。」他不客氣的瞪著擋住視線的女人，「否則我燒了妳。」

大掌觸及玻璃門，那威脅的力道彷彿穿過玻璃一般，讓裡頭的女鬼為之驚恐，只剩下嘴唇的口張大，慌亂的往一旁逃離。

遮去視線的女鬼一離開，賀濂焱就得以看見惜風遞上護照，裝出甜美無害的笑容，然後接過護照。

拉著隨身行李的她一出境，下意識回首搜尋某人的身影。

一回身，她就看見了十二點鐘方向的賀濂焱。

她帶著輕蔑的微笑揮手，用嘴型說了聲再見，在小雪的吆喝下往登機門的方向走。

賀濂焱卻僵在原地，一時不解自己剛剛看見了什麼。

為什麼范惜風一出境，她的身上瞬間也出現一根巨大的鐵釘，穿過了她的腳？

她也被詛咒了？

---

2 編按：因應劇情需要，本集起，妖魔鬼怪的「它」，改以性別區分為「他」及「她」。

第三章・徵兆

飛機抵達京都時，已是晚上八、九點了！才出海關就看見有人舉著高高的牌子，寫著吳昱輝的中文名字。

來接風的不是別人，正是吳昱輝的多年好友，也是律師的趙健瑋。

小雪看見他眼睛都亮了，因為這是個跟吳昱輝完全不一樣的類型！身高超過一百八，身形頎長，像衣架般的好身材，雖然年近四十，但擁有一張娃娃臉加上爽朗的笑容，跟律師形象大相逕庭。

怎麼樣都稱得上是型男，進公司後總是聽其他同事談論這位律師，趙健瑋也常到公司找吳昱輝，公司裡其他女律師也對他頗具好感。

不過這對好友分屬不同律師事務所，聽說在法庭上也曾是對手，但公私分明。在法庭上殺個你死我活，無論誰輸誰贏，離開法庭後兩個人又是哥倆好，一塊兒去吃飯喝酒。

「健瑋！」吳昱輝扔下行李車，立刻上前跟趙健瑋握拳互擊。「不是說別麻煩了？」

「開什麼玩笑，我人早在京都了，哪有不接風的道理？」趙健瑋笑開了顏，眼神瞟向她們幾個女生。「嗨，小雪跟惜風對吧？第一次到京都來嗎？」

「對呀！超興奮的！」小雪的興奮應該是針對趙健瑋，不是京都。

惜風只是微笑頷首，身邊的葉助理臉色有點難看，不時撫著肚子。

「葉助理怎麼了？臉色好白啊！」趙健瑋也察覺到了，「哪裡不舒服嗎？」

「沒事……就肚子一直很疼！」葉助理搖了搖頭，「我休息一下就好了。」

「我來幫妳推好了！葉助理，妳不是看過醫生了嗎？」小雪趕緊過來，接過葉助理手上的行李推車。

「嗯，醫生——」她頓了一頓，「也只是開個藥給我。」

就是找不到病因吧？惜風從她的語氣裡歸出這樣的結論。

「好！那我先帶你們去旅館！先讓葉助理躺下來休息。」趙健瑋積極的安排，他的貼心也是令女性同胞們著迷的原因之一。「我去開車，等會兒就到，先在前頭坐著休息。」

一行人跟著往前走，惜風沒推車子，她就一只單薄的行李箱，根本不需要大費周章，她正努力呼吸異國的空氣，手腳漸漸暖了起來。這是第一次，第一次遠離「祂」的生活！

愉悅且令人滿足，她終於享有片刻的自由——唔！

惜風左腳一拐，刺痛直抵腦門，瞬間就扣著行李跪倒在地！

「哇喔！」

附近傳來驚呼聲，幾個在旁邊的日本人趕緊上前，聲聲問著：「大丈夫？」

小雪這才回頭，發現走在最後面的惜風怎麼被人群包圍了。

「惜風！」她三步併作兩步的折返回來，惜風高舉的右手還扣在行李拉桿上，但整個人倒在地上。

好痛！惜風緊握住自己的小腿，天哪！怎會這麼痛！

「怎麼了？」小雪撥開人群，緊張的喊著：「惜風，妳怎麼跌倒了？」

「我不是跌倒……好痛！」惜風疼得緊閉雙眼，這不是抽筋的痛，這痛楚逼真得像是有什麼東西穿過了她的小腿肚！

「借過！借過！」流利的日文傳來，跟著有人竟一把打橫抱起她。「小雪，她的行李就麻煩妳了！」

小雪呆望著如英雄救美般的趙健瑋，就這麼帥氣輕鬆的一把抱起惜風。哎喲，有這種福利不早說，早知道她也跌一跤了！

「好！」

惜風無力反抗，她痛到幾乎想把小腿鋸掉！那是沒有傷口的疼痛，有東西在她小腿裡！

「又怎麼了？」吳昱輝看見痛到臉色發青的惜風，倒是大聲嚷嚷起來。「一個個掛病號，我是帶妳們出來工作的！不是休息！」

小雪忍不住斜眼一瞪，有沒有這麼沒良心啊？葉助理眼看著冷汗直冒，一定也很不舒服，惜風怪雖怪，但臉色都泛青了，表示真的很痛，又不是裝的！

當施捨也好，一句慰問也沒有，立刻就擺臉色好像大家會拖累他似的。

「老闆，放心好了。我一個人可以抵兩個人用！」小雪咕噥起來，實在覺得太超過。

「妳？妳會什麼？毛沒長齊就以為自己會飛啦？」吳昱輝顯得心浮氣躁，「妳跟惜風就算了，跑腿打雜的還可有可無，葉助理妳又是在搞什麼鬼？我上星期都讓妳請長假了！」

上星期葉助理的確請了一星期的長假，但是回來後也沒有比較好的感覺。

「對不起……請放心！我不會耽誤到會議的。」

「好了，昱輝！沒有人希望生病的！」把惜風放下來的趙健瑋趕忙站起，「小雪，妳顧一下，我先去開車。」

小雪點點頭，她從小到大身體勇健，但也知道身子不舒服的難受，她一邊問葉助理需要什麼，一邊又試著要幫惜風按摩小腿。

吳昱輝嘖了幾聲，瞥了葉助理一眼，旋身逕往吸菸室點菸去了。

「不要碰！」惜風爆吼一聲，整張臉都是汗，瞠大的雙目帶著極度痛楚，一隻手忍不住搭上小雪的肩。

「到底怎麼了？惜風，妳一直很愛嚇人，別嚇我啦！」小雪湊近了她，任她搭著、半抱著，直到肩上傳來指甲刺入肉裡的痛楚。

惜風……好像真的很痛啊！小雪倒抽一口氣，五根指頭都快嵌進她肩膀的肉裡了！小雪望著蜷起小腿的惜風，她不懂，這上面明明沒有任何傷口的。

「啊……」眼前低垂著首的女孩似乎喘了口氣，搭在她肩上的手瞬間軟下，整個人立刻往下癱軟！

「哇呀呀！」小雪眼明手快的趕緊抱住惜風，她、她昏倒了！

一旁的葉助理瞪大雙眼望著，有氣無力的要小雪將惜風扶好，再拿張面紙幫她擦擦汗。

葉助理擰著眉，那樣的痛楚，她也有過……腹痛的初期就是如此，那不僅是痛徹心腑，簡直是生不如死，痛到暈倒是家常便飯，暈倒之後會有一陣子的緩和期。

醫生說沒有什麼問題，要她進精神科診治，彷彿她是裝病似的！疼這種事怎麼裝得出來？她都已經痛不欲生了。

吳昱輝總算自不遠處回來，趙健瑋打了電話給他，表示車在附近了，所以他回來吆喝這些助理，趕緊到外頭準備上車。

看著他只顧著把自己的行李車往外推，小雪怎麼看怎麼不爽，先確定惜風不會倒下來，然後要葉助理坐著，她自己先把大家的行李給推出去。

自私！爛人！一點同情心都沒有！小雪一邊咒著，一邊把惜風攙扶起來。

惜風很瘦，照理說並不重，但暈倒的女人跟醉倒的女人差不多，身子沉得很，她只能把惜風一隻手繞過後頸，再摟著她的腰，一步步往外頭走去。

幸好趙健瑋已經到了，他第一時間就進來探視這些傷兵，葉助理說她能自己走，所以他選擇攙扶惜風，再拜託小雪去放行李；而吳昱輝已經悠哉悠哉的坐進副駕駛座的位子，繫好安全帶。

這看得小雪火冒三丈，要不是他是老闆，她真想把車門拉開，叫他滾下來幫忙！呿！

人都有俗辣的基因啦！她得換個角度想，她本來就是打雜的工讀生，放行李也是自然正常的事！

只不過奇樣子不好，問題是——出來打工就是要提早忍受職場生活啊！

一一把行李放好之後，小雪最後一個坐進去，人家趙健瑋還會輕笑著說辛苦了，吳昱輝一個字也不吭，就擺張臭臉，對於傷兵殘將非常的不悅。

惜風坐在最裡頭，昏迷不醒，葉助理坐在中間，力持清醒，小雪則希望旅館快點到，省得她會悶瘋掉。

原本計畫去吃好吃的日本料理，至此全亂了套。把惜風安置好之後，小雪也沒有氣力出去吃飯喝清酒了，她跟惜風一房，認真覺得照顧同事比較重要。

惜風是怪，是可怕，是會讓她毛骨悚然，但現在躺在被窩裡的她，就是個無助而且難受的同事，她不想去想太多。

只拜託她不要講一些有的沒的嚇她就好了。

昏迷中惜風仍舊不停冒汗，小雪為她換了兩條毛巾，決定先把行李中的衣服拿出來，然後吃碗泡麵，再洗個熱水澡。趙健瑋說會帶晚餐回來，她可以等著吃喔伊系的晚餐就好！嘻！

打定主意的她心情變得愉悅，將泡麵注好熱水，碗蓋蓋上，再站起身來，剛好正對著眼前的窗戶，在黑夜中看起來像一面黑色的鏡子。

房間位置很高，她應該先來看看夜景才對！

小雪往前走了兩步，視角跟著改變，她看的是遠處點點燈火，窗鏡裡映著她走近的身影——還有另一個站在後面的女人！

小雪一時不察，但眼尾還是瞟到了那個站在惜風身邊的女人！

她穿著長袍，胸口掛一面鏡子，頭上有一圈跟頭箍一樣的東西，上頭插有三根蠟燭，正低著頭，凝視惜風……

小雪不敢回頭，但她兩眼發直的瞪著窗子裡映出的身影，而那女人似乎也感受到有人正打量著她。

女人抬首，猙獰且忿恨的瞪著小雪，小雪這才發現——她嘴裏還咬著一把木梳！

是——阿飄嗎？小雪開始發抖，媽呀喂，這是幻覺嗎？

女人緩緩的動作，舉起的雙手讓小雪訝異。她一隻手似乎拿著鐵鎚，另一手拿著——釘子？正移動那插著蠟燭當裝飾的頭，往惜風的下半身瞄去。

等等……小雪看女鬼那身裝扮：蠟燭、銅鏡、木梳，與五寸釘——丑時之女？她想做什麼？小雪注意到女人詭異的動作，還有惜風開始的囈語連連！

阿彌陀佛……觀世音菩薩……不對，在日本有日本神，要拜什麼好？天哪！她會講日文，但對神明不熟啊！現在能呼喚什麼神明來幫忙嗎？

小雪緊閉起雙眼，多希望一切如同星爺的電影一般，一切都是幻覺，嚇不倒她！當她再睜眼時——咦？真的不見了！

小雪才準備鬆一口氣，卻發現女人不是消失，而是蹲下來了！

她蹲在惜風的小腿邊，鐵釘對準她的小腿，正準備狠狠釘入！

「喂——」小雪下意識的猛然回身，從鏡裡指向惜風身邊。「放開那女孩！」

她自己覺得架式十足，氣勢也很逼人，不過轉過身的她，卻沒有在惜風身邊看到任何女人。

再回頭一次嗎？那個是阿飄的話，說不定鏡裡才看得見，現實生活中她眼拙，所以看不見？

小雪嚇得要死，呼吸急促，為什麼第一次出國就會遇到這種事啦？

咬緊牙關，她決定再回頭一次，確保那個女鬼真的放開惜風了——猛然一回身，那女鬼就貼在她身後，猙獰的雙眼瞪著她，鼻尖差一寸就貼上她了！

「哇呀呀呀——」

喝！惜風登時跳開眼皮，她猛然坐起身，清楚的看見站在小雪身邊，那渾身燃燒著怨恨的女鬼！

「滾！」她厲聲高喊著，引起女鬼回首忿怒一瞪。

強烈的恨意直襲而來，惜風完全可以感受到那女鬼對她懷有極大的怒意！

「天靈靈地靈靈，快點給我走開！」唰刷！一堆粉末忽然撒向女鬼，歇斯底里的女孩尖叫著大喊：「去！去！去！」

說時遲那時快，那女鬼忽而面露不悅與恐懼，瞬間自窗縫壓縮離去！

惜風坐在床上，小雪還在那兒閉著雙眼亂叫亂跳，她手上緊握著一個方形小包，對著空氣又揮又打。

「小雪。」

「我跟妳無冤無仇，拜託走開啊！」

「小雪，」惜風清了清喉嚨，「沒事了。」

「冤有頭債有主……」小雪覺得自己彷彿聽見惜風的聲音，偷偷睜開一隻眼。「走了？」

「走了。」她回以鎮定的眼神，「妳趕走她了！」

「咦？」小雪顯得有點訝異，望了望手中綻放著銀色光芒的小方包。「真的假的？這真的有效喔！」

「那是什麼？」惜風現在不感到疼，但覺得身體虛耗許多。

「泡麵的調味粉。」小雪來到她面前，將調味粉包亮在她面前。「日本不是撒鹽可以袪邪？我想說調味包裡不是都有鹽？」

對，都有鹽。

但她從來不知道原來泡麵調味包可以拿來袪走鬼魅。

兩個女生從緊繃中鬆懈，望著那閃閃發光的調味粉包，小雪忽然會心一笑，接著惜風也跟著忍不住大笑起來！

「哈哈！哈哈！好扯！太扯了！」惜風的小腿似乎已無痛楚，抱著肚子笑得很誇張，小雪剛從驚嚇中回神，的確也笑了好一陣子，但是——

她不覺得這件事有好笑到捧腹的地步。

可是惜風卻笑得很誇張，笑到幾乎在床上打滾，眼淚都飆了出來，甚至還到了搥打床榻的地步。

這反而讓小雪呆站在原地不知所措，手裡還捏著調味粉包的她，認真覺得剛剛是一樁靈異事件，她們在京都的旅館撞鬼了吧？而且那個鬼跟惜風的腳痛有關係吧？

為什麼她能笑成這樣？

望著手上的調味粉包，好，她是情急之下才拿粉包袪邪，因為她緊張時想著自己身在日本，滿腦子卻只出現什麼攻、受這種奇怪的詞，好不容易腦中才閃過一幕日劇演出撒鹽的鏡頭，趁著惜風出聲，她直覺就衝向剛拆開的泡麵！

這有點無厘頭，但重點應該放在剛剛那個拿著鐵釘的女鬼吧？

「惜風……」小雪不安的蹲下身，「惜風，妳不要再笑了。」

「哈哈！哈哈！」惜風笑得東倒西歪，整個人躺回床鋪。

「惜風！」小雪忍不住推了推她的手臂，「剛剛那個很可怕耶！哎喲，我們遇到那個了啦！」

「哈！」惜風抹著眼淚，笑著對小雪點頭。

她好像好久沒這樣大笑過了。

遠離台灣，離開那永遠冰冷的家，隨時隨地被監控的日子，她像是一條緊繃著的橡皮筋，在瞬間斷裂。

小雪拿調味粉包趕走女鬼雖然很有趣，但的確不到讓人如此狂笑的地步。她是放鬆了身心，自個兒陷入一種情緒崩解的境地。

不知道拿調味粉包對「祂」有沒有用，呵，「祂」跟著這麼多年，要能祛走也不會直到現在了。

「別顧著點頭啊，很可怕耶！」小雪聲音開始哽咽，「我要換房間！」

「呼……」惜風重重鬆了口氣，笑得嘴好痠。「換房沒用。」

「咦？」小雪蹲在她面前，全身微顫。「妳、妳怎麼知道？」

「直覺吧。我的腳很痛，感覺的確很像有人在我小腿釘鐵釘。」她剛剛瞧見那女鬼的瞬間，就覺得更痛了。

「啊……啊！」小雪立刻大叫出聲，「對！我剛剛從窗戶的倒影看見那個——那個拿著鐵釘跟鐵鎚，好像要對準妳的腳釘釘子！」

咦咦！難不成……小雪忽地一顫，不安的瞟向惜風。

「衝著我來的嗎？」惜風皺起眉，這太怪了，她初來乍到，怎麼會惹到人？

「在機場就跟著妳嗎？」小雪倒抽了一口氣，因為惜風是在機場時忽然發疼，甚至暈倒了啊！

惜風咬著唇，她是真的不知道。

平常只要「祂」在身邊，就能看見幽魂鬼魅，但是她也可以選擇不要看，這是「祂」賜給她的能力。

眼線是拿來遮去觀人死期的「死亡之眼」，但不能遮去陰陽眼。不過在出發時她就已經選擇闔上所有的第三隻眼，為了讓自己能專心工作，也沒有必要招惹異鄉的鬼域。

但是，剛剛小雪驚叫之際，她跳開眼皮就看見那個女鬼。

「這太奇怪了，我沒有做什麼事，為什麼會有殺氣？」惜風真的是丈二金剛摸不著頭腦，她對於陰界之事從不過問，也不管什麼條文，反正只要有「祂」在，她根本無所謂。

那女鬼長得真特別，似乎在哪兒有看過這獨特的造型。

「對啊，而且那是丑時之女耶！」小雪說話的語氣煞有介事，「丑時之女不是那種被拋棄的厲鬼嗎？哎呀！」她忽然用奇怪的眼神看著惜風，「妳……是不是對人家始亂終棄啊？」

「始亂終棄？」惜風冷冷一笑，「這在我身上是絕對不可能發生的事！」

她倒是很希望自己能被始亂終棄。

「哇喔，意思是妳很專情嘍？」小雪眨了眨眼，「用情專一，倒是很符合妳的形象耶！」

「不是。」惜風冷冷的打斷小雪的愛情浪漫氛圍，「而是我根本不可能愛上任何人。」

沒有開始，就不會有結束，也不可能有什麼拋棄誰的事情。

小雪錯愕的望著惜風，怎麼回答得這麼冷漠啊？而且什麼叫不可能愛上任何人？大家都只是大學生而已，愛情尚未降臨，話不必說得這麼斬釘截鐵咩！

像她啊，哎呀，幾個單戀的對象都沒下文，不喜歡的又窮追猛打，愛神什麼時候才會降臨咧？

「妳剛剛說那是什麼醜女？」惜風俐落一掀被，站了起身，努力甩甩小腿，已經不感到疼了。

「醜？厚，丑時之女啦！」小雪隨意回首，一看到發黑的玻璃又毛了起來，趕緊退到沙發區去，最好不要有任何反射物！「日本一種很有名的鬼啊！妳不知道喔？」

「不知道。」惜風說得理所當然，到茶水檯邊拿過一瓶免費的礦泉水。

「呃……」面對惜風這樣的回話，小雪覺得自己好像變得在取笑人了。「日本有超多鬼的，所謂百鬼夜行嘛！丑時之女算是百鬼中一種赫赫有名的鬼！」

「哦？百鬼夜行啊。」惜風說著時，裡頭有著笑意，她看到不想再看了。「連鬼都有知名人物？」

「很多啊，像河童啦、長頸鬼啦，這些都算是家喻戶曉的鬼怪喔！」小雪話說得很小心，她發現惜風真的不知道耶！「那個丑時之女啊，就是妒嫉與怨恨的厲鬼，因為被愛人拋棄，死後就含恨變成厲鬼！」

「哦……」惜風連連點頭，「所以妳才會認為是不是我拋棄了剛剛那個女人。」

「我瞎猜的啦！」小雪尷尬的擺擺手，「我看妳不像蕾絲邊，而且那個是日本人吧？妳說是第一次到日本來，不可能。」

惜風只是淺笑，她拿著水瓶重新走回兩階高的榻榻米上，對著窗子刻意往外望，目的是以倒映環顧四周，看看是否能再見到那位丑時之女。

這舉動看得小雪膽顫心驚，她想著今晚睡覺是否會不安寧，然後又想到那個丑時之女為什麼會針對惜風而來？

「啊！」小雪忽然大叫一聲，這比那厲鬼嚇人，讓惜風跳了起來！

「幹——嘛！」她嚇了好大一跳，忍不住瞪了小雪一眼。

「妳——妳的男人對她始亂終棄！」小雪像發現新大陸般的指向惜風，「那個女的被妳男朋友拋棄，把所有的罪過跟恨都推到妳身上了！」

咦？惜風瞬間瞪大了眼睛——因為她妨礙了那個丑時之女的戀情？

她朱唇微啟，一時震撼不已。這應該是——不可能的事情！可是要怎麼解釋才一踏進日本國境，她的小腿就立刻劇痛難耐，而且兇手來自一名厲鬼呢？

「她要的話，我可以讓給她的。」惜風忽然抬首，對著房間裡大吼：「如果妳真的想要他的話，我送給妳！我願意！」

「惜風？」小雪被她詭異的舉動嚇到了！

一來是惜風真的有男朋友耶！二來是她正對著空氣吶喊。不，是大膽的對著可能還存在這間房間的女鬼吶喊，願意讓出自己的男友？

而且，惜風的口吻裡有著一種痛苦與渴望。

「啊啊呀——」

一瞬間，屋子裡靜了下來，惜風錯愕的與小雪四目相望，剛剛她們兩個誰都沒有尖叫，而那淒厲的尖叫聲卻突兀的劃開一切平衡。

是鬼嗎？不！惜風漸漸瞪大的雙眼越過了小雪的後方——聲音來自隔壁！

「啊！葉助理！」

第四章・意外的訪客

兩個女生來到隔壁房門口時，裡面已經沒了聲音，小雪拚命的按門鈴，惜風將耳朵貼在門板上頭，想仔細聽聽裡面的動靜。

「葉助理！葉助理！」小雪壓低了聲音喊，又緊張又怕吵到其他住客。「妳還好嗎？在嗎？」

另一邊的房門打開，幾個住戶紛紛探出頭來，想是剛剛葉助理的尖叫聲引起了不少的注意；眾人你一言我一語的用英語問怎麼了，要不要請櫃檯來，或是報警等等，場面變得相當熱絡。

惜風聽不見裡面的聲音，就在她決定請櫃檯上來開門之際，門忽然開了。

走出來的葉助理慘白著臉，滿臉全是汗珠，對外頭驚愕的人們一一道歉，說她只是看到蟑螂而已，接連幾句「I'm sorry」後，緩緩退進房裡。

小雪立刻亮出一口白牙，向走廊上關心的人道謝，然後也跟著葉助理退進她房裡。

她關上門時，瞬間貼在門板上，用一種驚恐的神情環顧著這間與她們擺設相反的房間。

惜風倒是從容，扶著葉助理往沙發上坐，她再度撫著肚子，神情痛苦的蹙起眉。

「她還在嗎？」惜風認真的在房裡張望，沒有看見那個頭戴蠟燭的女人。

「什麼？」葉助理虛弱的回應。

「戴著鐵髮圈外加三根蠟燭的女人。」惜風瞥了小雪一眼，那醜女叫——「喔！叫什麼丑時之女！」

葉助理臉色一凜，用一種狐疑的眼神抬首望著惜風。「妳、妳怎麼知道？」

「媽呀！真的到妳房間來喔？」小雪終於出聲，完全不敢往前踏一步。「那個前一刻還在我們房間咧！」

「咦？」葉助理終於面露驚慌，「妳們——妳們也看見了！」

惜風緘默，眼神朝小雪一勾，意思是她懶得解釋。

「拜託！她拿著鐵釘要釘進惜風的小腿裡耶！惜風會痛到暈倒就是因為那個吧！」小雪顧著說話，突然忘記恐懼似的往前走來。「所以葉助理……妳的肚子該不會也是被那個害的吧？」

小雪下意識撫了撫肚皮，把鐵釘釘進去嗎？喲！好可怕喔！

「我剛剛躺在床上休息，突然覺得很冷，一睜開眼睛就看見，就看見——」葉助理的口吻裡充滿懼怕，「她的鼻尖幾乎貼著我！」

「哇啊！」小雪是個非常好的聽眾，宛如身歷其境！

「所以我就尖叫了。我嚇得坐起來，我可以清楚的看見那是女人，她拿著釘子跟鐵鎚，就要往我的肚子裡來……」葉助理淚水湧出，說得泣不成聲。「要不是妳們來敲門，說不定，說不定我已經……」

話不成串，葉助理雙手掩面，下一秒嗚咽的就嚎啕大哭起來。

小雪看了有點錯愕，因為葉助理在公司裡，那可是有「鐵面女」的稱號啊！做事俐落果決、一絲不苟，不容許任何的隨便、馬虎、失誤，堅強得如同鐵漢，所以這般脆弱的模樣，她們都是第一次看到。

或許因為過於剛強的偽裝，所以只要一觸發到內心的脆弱，就會比一般人更為激動吧！

小雪抱著面紙盒來到葉助理面前，讓她擦淚擤鼻涕，惜風倒是一個人幽幽的站在窗邊，望著外頭的夜景。媽呀喂，小雪光看著就起雞皮疙瘩，現在要她去看夜景她可能會嚇死。

她可不想再看見什麼有的沒的了！

「小雪，妳對丑時之女了解多少？」惜風忽然出聲。

「啊？就，就我跟妳說的那樣而已。」她越說越小聲，她又不是日本鬼通！「不然我們可以孤狗！」

「嗯，我只是不懂為什麼要叫這麼難唸的名字，『丑時』是什麼意思？」

「呃……」小雪有點錯愕，惜風真的完完全全不知道這個赫赫有名的女鬼耶！「子丑寅卯的丑，傳說中那個厲鬼就是在丑時，拿著草人代替自己怨恨的對象，然後到樹林去把草人釘在樹上，進行詛咒，所以叫丑時之女。」

「丑時？」惜風立即低首，望向腕間的錶。

那個厲鬼專門在丑時詛咒人的話，也就是一點到三點之間嗎？可是現在也才十點多啊！

「別看我！」惜風沒開口，小雪立即搖手。「我不知道為什麼現在會看得見她。」

葉助理的情緒因為這場對話漸而平復，她抽抽噎噎的擦著淚，聽著關於丑時之女的故事。

「所以——」小雪倏地轉回頭面向她，「葉助理妳也被丑時之女詛咒了嗎？妳們兩個也太強了吧！同時被詛咒！厚！葉助理，妳拋棄了誰，還是妳的男人拋棄了誰嗎？」

又來了。惜風有點啼笑皆非，小雪滿腦子怎麼都是這樣的論調？在公司時就是這樣，講到流行、日劇、愛情或是帥哥，總是會讓她特別起勁。

「我？」葉助理驚愕的看向她。

「對呀，因為……」小雪又開始鄭重的講古，惜風則是望著自己的小腿。

她是在抵達機場後才出現疼痛，可是葉助理在國內時就已經有前兆，會是同一個丑時之女嗎？又為什麼要找她們麻煩呢？

她不記得有犯過什麼禁忌，也不可能去招惹到什麼，在台灣時有「祂」在身邊，怎麼可能會有……咦？惜風忽然一愣，等等，那是在台灣時。

她才離開台灣沒多久，就惹禍上身了嗎？因為「祂」不在身邊啊！

惜風忍不住望向葉助理，說不定她也跟葉助理一樣早就遭受詛咒，是因為「祂」的關係，她才能百毒不侵！而今遠離了「祂」的保護，詛咒便生效了！

問題是——為什麼要詛咒她？她已經有個被詛咒的人生了啊！

「那現在該怎麼辦？」小雪忽然提出了疑問，「我們可以跟櫃檯說這裡鬧鬼嗎？」

「沒用。」惜風搖了搖頭，就說是跟著人不是跟著房了。

「啊。」小雪全身都起雞皮疙瘩了。

「我想這樣好了，妳睡到這間來，讓葉助理跟我睡。」惜風算是貼心，畢竟小雪是局外人。「這樣丑時之女絕對不會跑到妳這裡來。」

哎呀，對啊，因為惜風跟葉助理同時都被阿飄纏身，她目前是安然無事，所以讓她們兩個睡一間的話——會不會太不顧道義啊？

「這樣好嗎？」小雪皺起眉，用力搖了搖頭。「萬一妳們兩個都出事，就沒有人顧了！」

「那個……」葉助理開口想說些什麼，小雪卻充耳不聞。

「我看我們三個擠一間好了，有事的話，我可以衝出去求救！」按照惜風的說法，釘子是釘她們兩個又不是釘她，表示她有充分的活動力可以往外衝。

惜風倒是無所謂，沉靜的望著小雪。「妳確定？」

她擔心尖叫最大聲的會是小雪。

「我要先叫客房服務送鹽巴來。」小雪尷尬的笑了笑，住旅館撞鬼，誰不怕啊！

「那個……」葉助理提高了音量，「我一個人沒關係的！」

咦？小雪跟惜風莫不錯愕的望向她，剛剛都慘叫成那樣了，還沒關係？

「葉助理啊，這種事不能逞強的！」小雪語重心長的搭上她的肩頭，「如果我們不能想辦法擺脫她的話……咦？」

她忽然停住話語，雙眼望天花板，像是突然靈光乍現似的。

連惜風都忍不住走過去，跟著她一起往天花板望。

「對啊！我們應該要先想為什麼吧！」小雪下一秒突然大叫起來，嚇得惜風跟葉助理都細聲尖叫。「趕快把那個飄趕走，大家就可以好好睡了啊！」

有時候，惜風會有點羨慕腦子不太轉彎的人。

真是簡單易懂的想法，這種事誰不知道？她知道，看起來葉助理也知道，問題是她們今天才抵達京都，就被日本的女鬼詛咒，誰會知道為什麼啊！

知道的話誰會不去解決啊？

「我先回去洗澡了。」惜風懶洋洋的往門口走，「葉助理，妳自己做決定，我都尊重。」

二話不說拉開門，惜風就真的出了房門。

小雪站在原地錯愕，怎麼說走就走啊？她看著葉助理，覺得不該放她一個人，可是惜風回房間也是一個人——哇！

「妳回去沒關係的。」葉助理起身推著她往門口去，「我一個人沒事的！」

「都遇飄了耶……」她皺起眉，這叫沒事？

「沒事。」葉助理慘白著臉，還勉強笑著說：「不然我房卡給妳一張，以防萬一。」

小雪點頭接過，然後就被推出去了。

她不安的望著關起來的門，摸摸鼻子回到自個兒房間，這遇鬼的經驗跟想像真的很不一樣。她以為該是雞飛狗跳，女孩子們抱在一起尖叫，怎麼會這麼平靜？

好像丑時之女只是不小心走錯房間一樣。

聽著浴室裡的沖水聲，小雪歪了歪頭，她覺得再想下去腦子會打結。啊！她望著桌上的泡麵——都糊了啦！

帶著微笑從行李箱拿出另外一碗，嘻！還是來吃泡麵好了！

※　※　※

「沙西米，怎麼這麼——好——吃！」

小雪嘴角勾著滿足的笑容，抱著棉被翻了身，呈大字形的躺在她的床鋪。嚴格說起來，她一半在床上，另一半已經佔到了兩床之間的走道，甚至有一隻腳根本已經跨到她的棉被上了。

看來趙健瑋先生帶回來的握壽司深得她心，已經吃完一碗泡麵了還可以再嗑掉一整盒壽司，吃得滿足不已，連作夢都會笑。

她洗完澡後，小雪已經窩在沙發上看沒有中文字幕的日劇，泡麵空碗就在桌上。然後老闆跟趙先生回來了，體貼的趙健瑋果然為大家帶了晚餐，其實已經算宵夜了，無論如何，小雪還是開心的食用完畢。

她因疼痛虛耗體力後也餓了，不過只能吃一半，壽司是很容易飽的，其他暫時擱在冰箱裡；葉助理似乎感覺還不錯，跟大家一起吃過飯，才又回房間。

接著小雪吃飽喝足，洗了個澡後彷彿什麼事都拋諸腦後，簡直是三秒入睡，現在已經全然不醒人事，看來是沉浸在壽司的美夢當中。

而她——惜風雙手抱膝的坐在榻榻米的角落，時間剛過一點，進入丑時。

再呆她也知道，既然對方名喚丑時之女，在丑時進行詛咒的話，是否代表她在這個時段的力量最為強大？

她原本在浴室中想試著呼喚「祂」，但好不容易才能遠離「祂」，她極其不願意動用到「祂」的人脈。儘管心驚膽顫，她還是想試著自己排除掉莫名其妙的危險。

首先是，為什麼？

背靠著牆的惜風，在昏暗的房裡等待著時間一分一秒過去，牆角的夜燈將房間照出一種詭異的燈色，似乎有什麼東西趁機掠過，只要不與之對望，一切都該安然無事。

一點半了，房裡依然沒有動靜，她的小腿也沒有任何疼痛的徵兆，惜風眼皮沉重的垂下又跳開，她試圖保持清醒，卻真的難抵睡意。

丑時橫跨兩個鐘頭，她真不知道是否有那個毅力能撐到三點結束？

明天七點就得起來，九點展開議程，她——惜風原本希望腦子可以繼續運行，但卻還是沉沉睡去。

滴答滴答……滴答滴答……

凌晨一點四十五分——丑時三刻。

無法言喻的刺痛瞬間讓惜風驚醒，她清楚的感覺到有東西正硬生生的穿過她的小腿——兩隻小腿，而且正一吋吋往裡釘！

「哇啊！」她痛得立即倒地，就算雙手緊緊抱住那雙腿，卻還是沒有任何現實存在的異物啊！

緊抓著被褥往房裡看，這時候完全看不見丑時之女的蹤影，但劇痛感依然侵蝕著她的理智，她忍不住叫出聲來！

「啊啊啊——呀！」天哪！她身子一顫，她的手！

有股力量瞬間將她的右手往榻榻米上壓去，下一秒就有東西從手肘上狠狠的釘入，惜風發出了尖叫聲！

隔壁……隔壁的葉助理應該也一樣吧？惜風疼得無法動彈，使盡最後一絲力氣想拿枕頭敲醒小雪，什麼叫有個照應？她都慘叫成這樣了，小雪還在那邊沙西米！

「哇啊啊啊——」她痛得往自己右手邊蜷去，手好沉，那異物釘入手上的感覺清晰，她拔不起來！「小雪！小雪！」

「再一杯……」小雪喃喃說著，翻個身，蜷成蝦子背對著她。

再一杯什麼啦！惜風眼見小雪完全無用，她連話都說不出來了。為什麼？妳是誰？為什麼要這樣傷害我？

她只能在心裡吶喊著，然後，在吃力的睜眼之際，忽而瞧見從天花板降下詭異的東西！

紅色的皮膚，猙獰可怕的面孔，正匍匐在天花板與牆邊的角落，用力朝著她深呼吸，活像是迷你版的咕嚕。

惜風瞪大了眼睛朝著他瞧，那又是什麼東西？

紅色的小鬼望著她，忽然四目相交，那一瞬間他露出驚色，咻的一晃眼又鑽回天花板上！

「小雪！」惜風沒辦法顧及那奇怪的東西，只顧著尖聲喊著睡在隔壁的人！

嗯？小雪彷彿聽見似的，身子微微抖動一下，此時此刻的惜風，已經覺得疼痛感快將她撕裂了！

叮——咚！

深夜的電鈴聲劃破了一切沉靜，也終於讓小雪倏而驚坐起，睡眼惺忪的望著門的方向！

「誰？」她皺起眉，迷迷糊糊的回首看向左手邊的惜風。「咦唷！惜風！妳怎麼了？」

惜風說不出話，淚水溢流而下，唇都咬出了血，如果可以，她好想放肆尖叫！

叮咚叮咚叮咚叮咚叮咚——外頭的門鈴急促響起，小雪整個人瞬間因為剛醒而陷入恐慌。

「這是怎麼回事？又痛了嗎？」她恐懼的環顧四周，「可是我沒看見那個啊！天哪，現在是那個在按電鈴嗎？」

不要再問了！問再多她都無法回答啊！

叮咚——砰砰！外頭的人像是不耐煩了，直接敲起門來。

「范惜風！」

欸？小雪立刻抬起頭，是男生的聲音。「那個阿飄要進來不會這麼有禮貌吧？該不會是趙先生吧？」

她瞬間往門口移去，惜風連拉都來不及拉住她。這傢伙一提到帥哥，就會失了理智嗎？三更半夜的就算真的是趙健瑋，也應該要懷疑一下！

不過小雪還是有警戒心，她踮起腳尖從貓眼一瞧，直直瞪大了雙眼。「是他耶！」

緊接著惜風只聽見開鎖的聲音，然後有一股強烈的熱浪襲來。有人鞋也沒脫就踩上榻榻米，她已經痛得失去知覺，但有一隻手按住她的小腿，瞬間舒緩了她的疼痛。

接著是手，她的手被輕易抬離榻榻米，整個人無力的癱軟在某個人的臂彎間。

「妳，開燈。」男人的聲音下著命令，那並不是趙健瑋的聲音。

「喔。」小雪應聲，緊接著房間的燈全亮了起來。

惜風吃力的睜眼，模模糊糊的眼簾裡映著不該在這裡出現的人。

「拿毛巾過來，她全身都濕透了。」男人繼續下著命令，然後將惜風好整以暇的放回床榻上，不客氣的掀開她的浴衣下襬，仔細瞧她的雙腿。

上頭已經不是一根大釘子了，根本是密密麻麻的五寸釘，全數釘在她的左右腿上，左腿比較密集，右腿只有三、四根釘子，右手手肘一根，每一根釘子上面都滿懷著濃濃的怨氣。

「喂！你幹嘛？」小雪一出浴室就看見「非禮鏡頭」，趕緊衝上來推開男人。「你怎麼可以隨便掀人家裙子？」

「嗯。」男人根本不怎麼搭理她，逕往右邊望去。「隔壁看起來也很糟。」

「去……請你去看看葉助理！」惜風攀著小雪的手肘半起身，「快讓他去看看葉助理！」

「惜風？」小雪臉上出現好多問號，她不懂機場遇到的斯文帥哥，為什麼突然間會出現在京都？

「去！」惜風咬緊牙關說著：「我沒事了！快去！」

小雪儘管不安，但惜風提到了葉助理她也一樣憂心，所以只好帶著陌生男人出了房門，往隔壁敲門；裡頭沒有任何回應，逼得小雪拿出房卡一刷，門是開了，但門鏈卻緊緊扣著。

「葉助理？葉助理妳在嗎？出個聲好嗎？」小雪從門縫低喊著。

「走開。」男人忽然扣住小雪的肩頭，直接往後扔去，小雪踉蹌而倒。「開門！」根本只有兩秒鐘光景，小雪什麼都沒看見，就看到男人堂而皇之的進入葉助理的房裡，彷彿那鏈子不存在似的。

她趕緊跳起來，衝進房裡第一件事也是開燈，然後看見倒在浴室門口的葉助理。

「把這個倒進杯子裡，沖杯熱茶給她喝。」男人將一個小紙包遞給小雪，逕自抱起昏迷不醒的葉助理，這個女人幾乎全身上下都被釘上了釘子，肚子上的巨釘更是明顯，已經進入末路了。

這詛咒最少有幾個月的光景，這個女人都沒有發現異樣嗎？

小雪依言接過紙包，那上頭都是日文，她把裡頭的粉末倒出來，實際上相當猶豫。這怎麼看都像是香灰，這年頭還有喝香灰治病的陋習嗎？葉助理怎麼看都像是生了重病，這個奇怪的帥哥跑來就要灌葉助理喝香灰水？

「照做，小雪。」惜風虛弱的從門口走來，小雪倒抽一口氣。

「妳怎麼跑出來了？」她不由得驚呼出聲。

惜風得靠著牆走才能支撐身子，雖然痛楚舒緩了許多，但她覺得全身的氣力都被抽走似的。

才把葉助理放上床的男人回首，看著走進來的惜風也不禁蹙眉。

「妳不該動。」他趕忙上前攙住她。

「你——為什麼會在這裡？」她的聲音很輕，「你並沒有說要出國。」

「嗯，是臨時起意的，我是過來找妳的。」他倒是毫不掩飾。

哇喔！小雪在一旁哇哇的暗叫，惜風明明說跟這個帥哥只有一面之緣，今天是偶然相見，這樣子就能讓帥哥魂牽夢縈的直接追過來喔！

好甜蜜喔！

「為什麼？」她深吸了一口氣，被扶上沙發坐定。

幹嘛問為什麼啦！小雪哎呀的低喃著，這種時候應該要露出欣喜的眼神，用閃閃發光的雙眼說：「我好高興！」

喔呵呵！

「後面那個偶像劇看太多的，快點把茶給她喝。」賀瀟焱不客氣的直接指著小雪，她一個人在傻笑什麼？

呃，小雪一怔，不由得紅臉，尷尬的趕緊把泡好的茶端到葉助理床邊去。靠！什麼叫偶像劇看太多？

「妳一出境就被詛咒了，我看見妳腿上有釘子，怎麼樣都不對勁。」賀瀟焱接著剛剛惜風提出的問題，「猶豫了一下，不過還是決定跟過來。」

「我一出境……」惜風擰起眉心，果然是因為離開了「祂」嗎？「那你怎麼知道我們下榻在此？」

賀瀟焱一笑，亮出了惜風在計程車上給她的名片。

「妳給我的，沒忘記吧？」他自負般的笑著，「只要知道妳們是誰，很容易就可以知道在京都的下榻地點。」

「怎麼可能？」餵完水的小雪忍不住出聲，「好歹我們是律師事務所耶！哪有那麼容易洩露同事出差行蹤。」

「別小看我的聯絡網。」賀瀟焱將名片收起，認真的看向惜風。「妳們為什麼會被丑時之女詛咒？」

她望著他，有點無奈。「我也想知道。」

「嗯，不知情嗎？」他沉吟了一會兒，「不弄清楚的話，妳們應該回不了台灣了。」

「咦？」小雪驚嚇的瞪大雙眼，「什麼意思？」

「那個丑時之女，看起來是要置妳們於死地。」賀濔焱看向沉睡中的葉助理，那香灰只是暫時祛邪，能保她今天，保不了明天。

「你……對於這方面很擅長嗎？」惜風看得出來，在小琉球她就知道，這男人不同於常人。

「這算是我的工作。」賀濔焱說得一派輕鬆，「捉妖祛鬼，我也算樂在其中。」

他最喜歡捕抓為惡的妖孽，慢慢的用業火燒死他們，讓他們嚐盡折磨。

「道士！」小雪讚嘆般的歡呼著，「太好了，那你就可以幫惜風跟葉助理把那個丑時之女趕走了！」

賀濔焱回身望著小雪，擠出一抹迷人笑容，看得小雪心花怒放啊！真是養眼！

「道士是最難聽的形容詞。」瞬間，他斂起笑容。「而且這裡是日本，不是我能輕易插手的地方！」

「啊？有分得那麼清楚嗎？」

「我得先跟這裡的神鬼溝通一下。」他直接攙起惜風，「妳，幫忙把燈關上，今晚不會再有人來搗亂，先回去休息吧！」

「我……」小雪還有一堆問題想問，就看著賀瀮焱輕鬆的半扶著惜風，往她們房間走去。

幾乎將身子倚在賀瀮焱身上的惜風，在異鄉被詛咒的這時候，突然有一種強烈的安全感油然而生。

因為賀瀮焱。

「你真的是為了我到日本來？」她話裡還有些調侃。

「妳不信？」他笑著，「我以為女生會很喜歡聽到這種論調。」

剛剛那個偶像劇看太多的應該會尖叫。

「我們素昧平生，或許你對我好奇，但不至於會這麼衝動。」她搖了搖頭，「我不相信我是唯一的原因。」

「很好。」賀瀮焱點了點頭，「我會來，是因為大家叫我不要來。」

當所有人都極力反對他離開台灣時，他毅然決然的就買了機票踏出國門。

惜風微笑，她心裡放下一顆石子，幸好他並非真的為她而來。

但是有他在，她突然覺得不管什麼詛咒都不值得害怕了。

隔壁房的小雪低聲咕噥著，趕緊再去探視葉助理一眼，確定她睡得很沉後，幫忙把被子蓋好，把燈關上，悄悄的退出房門外。

關上門前，她不忘拉起門鏈仔細端詳。

毫無破壞的痕跡……剛剛那一瞬間，帥哥是怎麼從外頭將門鏈給打開的？

儘管滿腹疑問，小雪還是悄悄的把門關上。

葉助理沉睡著，房裡留了兩盞燈不至於太暗，一抹紅色的身影忽地出現在門邊，輕輕的將垂下的門鏈，再次勾回門栓上。

第五章・釘魂

早上九點整，馬拉松般的長桌交流會議業已展開。

守時禮貌的日本人早在八點五十分就抵達會場，台灣的幾位律師也不能夠失禮，大家全都提早出席，吳昱輝更是起了個大早，催促大家務必在八點半時先抵達會場。

這可折騰死葉助理跟惜風了，她們兩個幾乎是魂不附體的疲累，但還是強打起精神，小雪更厲害的用光速幫她們兩個畫上了粗眼線跟睫毛膏，讓眼睛放大許多，看起來炯炯有神。

「等一下有空再幫妳們戴假睫毛。」小雪為她們倒了兩杯咖啡，掛著微笑。

「真是太厲害了！我完全看不出來眼皮快黏在一起。」惜風不禁嘖嘖稱奇這高明的化妝技巧。

更佩服的是，為什麼小雪沒比她多睡幾小時，看起來卻精神奕奕？

「欸，惜風，那個帥哥呢？」小雪湊近了她，笑吟吟的遞上咖啡。

「不知道。」這杯咖啡原來是為了賀濡焱啊。「他什麼時候走的我都不知道。」

「哎喲，他都沒跟妳說嗎？」小雪嘟起了嘴，「這麼小氣，透露一下又不會怎樣！」

「我說過根本不知道他什麼時候走的。」惜風喝了杯咖啡，努力提神。

「賣假啊！我比妳早起耶！門鏈都拴著，表示妳至少有好好送他離開啊。」小雪雙眼熠熠有光，「好歹跟我說有沒有機會再見面嘛！」

咦？惜風一怔，門鏈是拴著的？她的確是小雪叫醒的，但在這之前，她完全昏睡，並沒有起身送賀瀮燚出門啊！

看樣子不會是小雪，也不是她，那門鏈是——

小雪注意到惜風錯愕的神情，忽而一陣雞皮疙瘩竄上手臂，不會吧……惜風真的沒有起來送帥哥離開？這不是跟昨天晚上莫名其妙就可以解開葉助理房間的門鏈一樣嗎？

自動解開外加自動扣上——那個帥哥敢情是神偷嗎？

哇，加分！

「……」惜風認真的望著小雪，語重心長：「妳偶像劇真的看太多了。」

「神偷加上高人，哇！」她顯得莫名興奮，「陰陽師！」

「漫畫也看得不少。」惜風搖搖頭，休息時間也差不多快到了，她回身看向隔幾公分之遙的葉助理。「葉助理，妳還好嗎？」

葉助理拿著飲盡的咖啡杯，直視著眼前的白牆，彷彿想把牆看穿似的，但仔細看著她的眼神，卻空洞沒有焦距。

「葉助理？」惜風輕輕推了她的肩頭，葉助理忽而彈跳而起。

「咦？什麼？」她驚慌失措的看向惜風，差點滑掉手裡的咖啡杯。

附近幾個律師眼神投向這兒，小雪立刻跳起來，瞇起眼朝著他們微笑，輕輕擺手代表沒什麼啦！惜風這時就會佩服靈巧的小雪，總是可以很快的化解尷尬。

「對不起，嚇到妳了。」惜風溫聲道歉。

「不，我剛在發呆……真的太累了。」葉助理嘆口氣，將杯子擱上回收區。

「妳好點了嗎？肚子……」

「謝謝，好多了。」葉助理對昨晚的一切並沒有印象，甚至不知道陌生男子進入她的房間，也不知道小雪餵了香灰水。「好像差不多開始了，我們進去吧。」

其實這種交流會中，不乏平常就有往來的大律師們，許多人看見小雪她們都會微笑頷首。惜風不解的是，如果大家是同一個團體，為什麼老闆要刻意跟其他人分開前往？

她聽其他的律師們在聊天，大家都是一起搭飛機過來，下榻同一間旅館，唯有他們跟所有人分開啊！

這太奇怪了吧？都是台灣的律師代表團不是？

「小雪。」惜風忽然拉住了她，「有件事妳有沒有覺得蹊蹺？」

「什麼？」

「為什麼老闆沒有跟大家一起過來？要刻意分開走？而且趙律師也明知道還刻意來接機？」小雪是特愛八卦的人，所以她一定對這件事有極大的興趣，說不定能夠打聽到什麼。

「噢，這件事啊！」小雪竟然哦了一聲，旋即一把拉過惜風的手肘。「我跟妳說，因為日本是老闆的傷心地，尤其是京都，老闆根本不願意來。」

「……」惜風無言又訝異的望著她，好樣的！果然是個熱愛八卦的女生，她早就打聽好了。「妳什麼時候知道的？」

「剛剛收集到的資訊啊！昨天我看見趙律師就覺得很怪了，吃宵夜時有跑去跟他聊天，聽說其他律師團早兩天就來了，我就覺得為什麼我們偏偏晚了兩天？」小雪挑了挑眉，一臉自負。「剛剛就跟其他的助理聊聊天，交換一下資訊！」

惜風不由得暗自讚嘆，小雪對於八卦的敏銳度真是驚人！她應該考慮一下去當狗仔記者，而不是律師。

「小雪！惜風！」走進會場的葉助理又踅了出來，「有看見老闆嗎？」

「咦？」小雪一步上前，「老闆沒在裡面啊？」

基本上整個休息時間，她們誰也沒跟吳昱輝說到半句話，他也沒在這兒用咖啡或是點心。

「我記得他說要去洗手間，往後面那邊去了。」惜風淺薄的印象，來自於吳昱輝跟趙健瑋的細語交談。她回身指向身後，事實上吳昱輝走到廊底後又左轉了，那時還有個日本招待員指引他方向。

那是會場的工作人員，中日語雙聲帶，是來京都前的聯繫窗口，惜風雖沒有直接聯絡過，卻知道她叫江口小姐。

她是一個年約三十五的女人，長得算是秀麗，挽著髮髻，看起來精明中帶了點日本女人的溫柔，今天一早就在門口向所有律師一一鞠躬，淺淺的笑容掛在嘴上，老闆衝著她笑得很詭異，趙健瑋也跟她多說了幾句。

一直以來日本的窗口都是江口雅子，她注意到江口跟老闆說話時，雙眼散發著一種光芒，手刻意數次按壓了頸上的鍊子。那的確是很別致的項鍊，墜子是正義女神。

「那裡不是廁所啊！」葉助理皺起眉頭，「洗手間明明在前面的。」

惜風這才錯愕的望向前頭，她睡眠不足，一時也沒聽清楚這兒的方位，但如果前頭才是廁所的話，為什麼老闆要往反方向走，還要謊稱去上廁所呢？

「我去看看好了。」葉助理一臉憂心忡忡，急急忙忙就掠過惜風而去。

「我也——」惜風原本要跟，卻有人上前吆喝著。

她停下腳步，不懂日文的她只能求助般的看著小雪，小雪是個日文通，因為狂愛日劇，所以還特地去日文系旁聽過兩學年咧！

只見她上前眉開眼笑的跟穿著警衛服裝的人交談，然後一臉驚愕，再轉頭看向惜風。

「怎麼了？」她一看就知道有問題。

「吳——太——太——來了！」小雪邊說連連退了兩步，硬是把惜風往前推。「妳去應付一下！」

惜風踉蹌兩步，沒好氣的回首看向小雪，有沒有這種事？昨天撞鬼時也沒看她這麼嚇，一提到吳昱輝的老婆，小雪總是退避三舍。

其實吳太太長得很美，曾經是知名模特兒，足足小了吳昱輝十來歲，身段婀娜高䠷，只是個性有點——不知該說是嬌還是自傲，對其他人說話總不那麼客氣。

尤其是對他們這些工讀生、助理，雖然口頭上稱吳昱輝是老闆，但其實他們只是律師事務所分配到吳昱輝身邊做事的助理，不等於是領他的薪水，不過吳太太每次都一副他們應該做牛做馬做到死的態度。

小雪不想跟她當面嗆，採取逃避的方式，一轉身就去找葉助理。

惜風倒是無所謂，她跟著警衛往一樓走去，林玉惠明知道吳昱輝今天要開會，選十點這時候來不知道想做什麼。

這兒的會議廳是個大廳堂，正門走進來穿過兩個穿堂後，是寬廣的紅布大階梯，走上去後再分向左右兩邊，樓梯有數公尺寬，顯得壯麗闊氣。

惜風來到二樓時，就可以看見站在樓下的一對標緻母女，美麗的林玉惠打扮時尚亮麗，牽著一個一樣時髦的五歲女娃兒，顯眼異常。

她抬首望著準備下樓的惜風，即使隔著墨鏡，惜風還是可以感受到不好的氛圍。

她踏出第一階——剎！

足尖落地，那該是紅色地毯的階梯竟轉瞬化成雪白，惜風及時煞住步伐，看見一朵朵白色的花瓣從天作而降，如花雨般灑落在階梯上頭。

她屏氣凝神，這是在建築物中，不該會有花雨這種離奇荒唐的事，而櫻花香遡遡傳至，沙沙的足音自她後方走來。

白色的和服掠過她腳邊，惜風不敢抬頭，她緊握著雙拳，看著雪白的裙襬輕輕擦過，一個穿著古時日本和服的人正輕鬆的下著樓梯，頭戴官帽，身上的和服無風也飄袖。

櫻花雨大量的降在這個人頭上，挽起的頭髮讓惜風沒有辦法辨認對方是男是女，但至少她知道，這不會是人。

蒼白的手上把玩著東西，邊下樓邊傳來清脆的鏗鏘聲，惜風悄悄的將視線落在祂的左手上，彷彿知道她的好奇似的，來人左手掌一開，一堆鮮紅的東西自掌心滑落，落上了階梯。

惜風瞪大雙眼，眼睜睜看著一大把的五寸釘落上了地。

『我還以為是誰呢，怎麼看得見我？』前頭的人兒停下腳步，微微側首。『原來跟死亡有關係啊！』

惜風知道對方不是說中文，但她聽得明白，那聲音像是直接進入腦子般，甚至迅速的在她心中翻譯完畢。

她沒有輕舉妄動，白衣人繼續輕悄下移，這一次她注意到祂的右手掌裡，晃動著一個似曾相識的東西。

一條項鍊，鍊墜是正義女神，那是日本象徵司法的標誌——也是江口小姐頸子上戴著的鍊子！

惜風還來不及反應，又聽見沙沙聲響，那原本該躺著鐵釘的地方，釘子們瞬間化成黑色的碎石，佈滿了整個階梯，並且如流瀑般一階一階的往下流動——這一秒，惜風倒抽了一口氣！

死意以及江口小姐的項鍊——剛剛那個是？

「妳是腳廢了嗎？走個樓梯走那麼慢！」尖銳的聲音忽地傳來，「難道還要我跟小咪親自上去嗎？」

唰——有股低氣壓彷彿自身體左側打進身子裡，再轉眼間自右側衝出，惜風圓睜雙眼看著眼前再正常不過的階梯；挑高的天花板，還有一樓那依然令人厭惡的林玉惠。

沒有櫻花、沒有鐵釘，也沒有死神。

但不代表什麼都沒發生。

惜風微微一笑，強打起精神，快步的走下樓去，在到半樓處的平台時，她知道有什麼東西在她高跟鞋底下滑動，那是她再熟悉不過的黑色結晶。

「您好。」惜風只是頷首，因為她只是吳昱輝的老婆，僅止於此。

「昱輝還在開會對吧？把這個給他。」林玉惠粗魯的遞上袋子，「還有晚上我們要去御藏吃飯，妳去幫我訂位，記得叫他來吃飯。」

「晚上律師公會有聚餐，跟日本的賓客一起，沒有辦法跟妳們用餐。」惜風接過袋子，順便說著既定行程。

「妳管那麼多，跟他說就對了。」林玉惠不耐煩的說著，白了惜風一眼。「叫他開機，不要都不接電話！還是說他電話擺在妳那邊，妳故意不接的？」

「電話不是我負責的。」惜風面對她的態度永遠不慍不火，「不過開會時本來就不該接電話，這是基本常識。」

林玉惠明顯對惜風有敵意，撩了撩頭髮，亮麗的耳環因嗤之以鼻的動作而晃動著，全身都是名牌。

「妳廢話太多了，只要把我交代的轉告給昱輝就好了。」林玉惠一臉天下人都對不起她的模樣，拉了拉站在一旁的女兒。「小咪，我們走嘍。」

「爸爸呢？」小咪咬著指甲，天真的仰首望著媽媽。

「爸爸在開會啊，晚上就會來陪我們嘍！」林玉惠面對女兒時，會露出罕見的笑容，母女倆手牽著手旋身離開。

小女孩的背影低垂著頭，一臉難掩失望。「爸爸是不是又跟賤女人在一起了啊？」咦？惜風一怔，這種話語從童稚的聲音說出來，還真是非常的不搭調咧！看來應該是母親常常這樣自言自語，或是對著孩子這樣說，才會讓五歲的孩子話說得這麼順溜。

多數上一代的怨恨遺留到下一代，就是藉由這種洗腦的方式傳遞。

林玉惠果然為此感到又羞又惱，她立刻回首瞪著惜風，眼神彷彿在警告她不許說出去似的，旋即用力扯過小咪的手，低叱著不許亂說。

這孩子想必非常困惑，媽媽每天都在說，為什麼她說了就得挨罵。

惜風一路送她出去，直到林玉惠上了車。看樣子老闆有外遇的樣子啊……難怪會先讓妻女到京都，卻遲遲不想會合，甚至也沒有住在同一間旅館。

不過這不是她該在意的事情！惜風飛快的衝上樓，在平台邊蹲下身子，確認地上散布了死意！

剛剛那個是日本的死神嗎？她今天晝上了眼線，怎麼還是瞧見了？

「哇呀——」

尖叫聲來自樓上，在這迴旋的階梯中盪出回音，惜風不安的抬首，死意出現必定伴隨著死亡——聽著樓上紛沓的足音，她知道一定有人出事了。

惜風幾乎沒有猶豫，立刻拿出隨身放在口袋裡的小袋子，對她而言，死者是誰從來就不重要，重要的是能夠搜集到死意——國外的死意或許更好。

打開一個未曾用過的罐子，有別於六樓的喧譁，警衛慌張的掠過她往上衝去，來不及思考這個女生蹲在那兒做什麼，惜風用鑷子細心撿拾一粒粒死意，平台上、樓梯上——那鐵釘化成的死意。

深吸了一口氣，她沒有忽略到那些鐵釘的存在，五寸釘，一如丑時之女下詛咒時的用具。

好不容易撿拾完畢，警車的聲音由遠而近，她將盒子好整以暇的收好，這才三步併作兩步的往樓上走去。

警衛已經把人潮擋開，惜風找不到小雪她們，才努力的擠開人群往命案現場走，她所經的方向就是吳昱輝剛剛前往的方向，難不成出事的人是老闆嗎？

「借過，借過……」她雙手合十，呈直線狀的往前推擠人潮。

『為……為什麼？』

好不容易剛擠開一個人，惜風就感覺到手肘一陣冰冷。

她沒敢向右看去，因為她剛剛擠開的那個──似乎不是人。

冰涼且濕濡的感覺自手肘傳來，她不敢動彈，眼尾餘光瞧見的是深黑色的窟窿大眼。

啪！電光石火間，冰冷的手倏地抓住了她的手臂。

「妳──」惜風急忙想要甩開對方，誰知對方冷不防的就藉由扣著她手臂的力量，滑行到她的跟前，她的鼻尖。

女人瞪大的雙眼裡插滿了鐵釘，淚水與血水流滿整張臉龐，張大的嘴裡也塞滿釘子，她哭著，低聲的嚎叫，另一隻手也使勁的箝住她的手。

『是妳嗎……是……妳──』

走開！我不認識妳！

惜風緊閉雙眼，對方箝握得她雙臂好疼，她努力的想往前走，卻硬生生被莫名的力量給擋住！

「惜風——」

一陣鋪天蓋地的哭喊聲自前方傳來，緊接著一個人直直衝向惜風，瞬間所有力量都壓在她身上，惜風睜眼不及，就感到一陣天旋地轉，重心不穩的直直往後跌去！

要不是衝撞她的人及時拉住她，現在她一定已經摔了個四腳朝天！

「好可怕喔！」惜風踉蹌的穩住身子，緊抱著她的小雪哭得好像深怕無人不知的誇張！

她好不容易才回過神來，身上掛著的小雪是很重，但多虧了她，好像直接把剛剛那個女鬼也衝開了。

冷汗浸濕了她的衣裳，她暫時護著小雪，不想左顧右盼，雙手上臂隱隱發疼，告訴她剛剛那女鬼是認真的。

「我們到這裡來找老闆，結果我又看到那個了！」小雪忽然扣近她的頸子，低聲出口。「那個丑時之女！」

咦？惜風瞟向小雪，她臉色蒼白的用眼神代表點頭。

「葉助理沒看見，是我找到那間房間的。」小雪的聲音帶著哽咽，卻很低沉，似乎不想讓別人聽見。「我明明聽見有人，一進去就看見……江口小姐她……」

江口，果然是死神帶走了鍊子。

越過小雪的身後，望向重重人群，出事的是一間和室，即使紙門業已關上，杜絕所有的人圍觀，但惜風還是知道那兒死氣沖天。

「妳知道嗎？」小雪站直身子，抹抹淚水時這麼問。

「什麼？」惜風情緒紊亂，她有好多不明白的事情。

「知道江口小姐會死……」小雪囁嚅的咬了唇，「妳今天早上多看了她兩眼……她臉上是不是出現死相了？」

噢，小雪果然還記得邋遢大叔發生的事情！

她早上多看了江口兩眼，並不是那個意思，只是喜歡她溫婉的笑容，一種外柔內剛的氣質，還有她身上散發出來的淡香。

「不，我沒看見。」她也誠實以告，「我是出來工作的，不想看見那些有的沒的，所以刻意遮住了。」

「噢，我以為妳早就知道……」小雪嗚咽的說著，不過就算惜風知道了，她也不會做任何事對吧？

她這樣猜的，從跟她去小琉球玩的又慈口中，到邋遢大叔的事情，惜風偶爾總會脫口而出誰出現死相了，誰會怎樣怎樣，但永遠都只是「說」；那像個預言一般，她預言卻不會去阻止。

這讓她想到電影《絕命終結站》，有人能預知死亡的順序與死法，便想盡辦法要逃開死亡，卻沒有人能逃得出死神的手掌心。

假設——如果惜風真的能預知死亡的話，是否也因為逃不開命定的死期，所以她就不多做動作？

她不知道，邋遢大叔的事件後，她曾努力想過這件事情，想像自己如果也能預知他人的死亡那會怎麼樣？但後來她覺得想這個太複雜了，所以決定放棄亂想。

但她也沒想到，這麼快她就又接觸到死亡，而且還是她自己發現屍體！

警方上了六樓，拉出封鎖線，所有人被驅離到一定範圍，因為江口小姐的死亡，導致會議暫停，律師們不禁議論紛紛。

小雪是發現屍體的人，立刻被警方帶走，葉助理也因為一起行動，所以一塊兒去了警局。

「惜風！昱輝呢？」好不容易在人潮中，趙健瑋找到了惜風。

「老闆他……」惜風應該要回答出什麼的，但是她卻答不出半個字。「我不知道！」

「什麼？」

「我真的不知道！小雪她們本來是去找老闆的，結果卻找到了屍體。」對啊，老闆人呢？「我則是因為吳太太來，到一樓去……所以我並沒有看見老闆！」

「怎麼會這樣？」趙健瑋顯得神色慌張，「我打他手機都沒人接啊！」

「手機在葉助理身上，原本就為了會議關機……」惜風滿心的不安，她下意識拉住了趙健瑋的衣袖。「老闆就是在命案現場附近，所以葉助理她們才會過來找他的！」

「嘖！」趙健瑋遠眺著一片混亂的現場，「他該不會跑了吧？」

「跑？」這個字惜風可是有聽沒有懂！

「他原本就對這個會議不感興趣，更別說這裡是他的傷心地，但是我們又不能決定會議地點！」趙健瑋喃喃說了一串，結果惜風沒有一個字聽懂。「後頭還有個後門，就不必經過一堆律師面前離開，我想他應該是走了。」

「什麼傷心地？」惜風沒聽過那個名字。

趙健瑋反手拉過她，往自個兒的助理那裡去。「噢，應該沒人會跟工讀生說這些。不過也無傷大雅，他上一次來這裡，失去了前妻。」

小雪一定很希望自己在場，又是一個勁爆的八卦！原來老闆跟林玉惠是再婚啊！

趙健瑋來到自己助理身邊，也是個漂亮的女助理，惜風已經見怪不怪了，這些律師身邊的助理幾乎都有一定姿色、才貌兼具的女人，很適合帶在身邊；他要她留在現場告知狀況，他則要去找老闆。

「妳跟我走吧，我們先去一個地方找昱輝，找不到就到警局去。」趙健瑋邊穿西裝外套，一邊疾步往前走。

「去警局……」她現在就想去警局了。

「不能讓小雪跟葉助理兩個人在那兒，小雪的日文很勉強，就算有翻譯我也怕亂翻。」不愧是律師本色，看樣子趙健瑋打算要在場。

「謝謝你。」這種時候，老闆偏偏不在，惜風只有由衷的感謝。

「說什麼，昱輝是我朋友！」趙健瑋笑得很勉強，神色有一抹哀色，看來是為了江口小姐的死。

他們自六樓往一樓走去，整座大樓裡混亂一片，有許多律師也跟著離開，惜風聽見他們在談論江口小姐的死狀。不必說她也知道，光是眼球裡釘滿鐵釘，她就不覺得這個人還活得下去。

到了三樓，大批警力擋住出入口，不許任何人進出！因為案發現場在這兒，表示兇手極有可能在這棟樓裡，因此必須拘留所有相關人等！

律師們開始跟日本警方抗辯，日本律師也出面，不管哪裡都吵成一團。

惜風就算心急如焚也莫可奈何，死亡的江口小姐、失蹤的老闆、被帶到警局的小雪跟葉助理，她開始覺得應該聽「祂」的話，到京都來做什麼？蹚什麼渾水？

上手臂再度發疼，她下意識的撫上手臂。她可沒有忘記，江口小姐的怨魂用淒楚的神情問著她：「為什麼？」以及「是妳嗎？」

她才想問為什麼——為什麼對她？

江口不是知道她能看得見才衝過來的，她選擇不看，卻對國外的鬼魂無效，江口是直衝著她而來的！

『啊啊啊啊啊——』

驀地淒厲的哀鳴自左側傳來，惜風驚跳而起，望著不知道從何衝來的鬼影，眼中、嘴裡佈滿鐵釘，至此惜風也第一次發現她全身上下像個釘床，根本就是個釘床人！

她穿著江口小姐早上一模一樣的套裝，惜風倒抽了一口氣，甚至還細心的留意到她的頸子上沒有那條鍊子了！

『就是妳——』含糊不清的話語來自滿是鐵釘的口中，惜風向後退了兩步，卻不及怨魂瘋也似的衝撞。

啪刹——插滿釘子、鮮血淋漓的雙手，狠狠的就往惜風鎖骨一推。

最糟的是，她避不開，那女鬼也沒穿過她的身子。

「呀——」有女生注意到飛離階梯的身子，惜風連扶都沒辦法扶住，呈拋物線般的往樓下墜去。

趙健瑋倉皇回首，來不及衝出人群，也來不及抓握住她。

「惜風！」

第六章・傷者

好冷……這種凍骨的冰冷她再熟悉不過了，惜風緩緩睜眼，發現自己坐在黑暗的角落裡，身邊寒氣凍人，她連呼吸都會出現白煙。

伸手不見五指的漆黑，首先出現的是聲響，有人踩過乾草的沙沙音，惜風往聲音的方向看過去，卻依然什麼也看不清楚。

『這到底是怎麼回事！』驀地，斥責的聲音出現在她身邊，她仰首。

是「祂」。

「我死了嗎？」她皺起眉頭，倒是一點也不痛。

『不要問這麼沒知識的問題！才到日本第二天，妳為什麼搞成這樣？』

「我不知道。」惜風搖了搖頭，她真的也很困惑。

『京都不是我能處理的範圍，我這邊有大任務要做，一時也無法分身……』

這聲音聽起來很不快，『我已經請日本方面幫忙特別照顧妳了，妳凡事留意。』

惜風深吸了口氣，嘗試著想站起來，卻覺得雙腳很沉。「我現在在作夢嗎？」

『妳在陰陽兩界的空隙中，只有這裡我才能不顧國界的來找妳。』

「換句話說——我曾經或是正在瀕臨死亡當中？」她聽得懂「祂」話裡的意思。

『我沒辦法過去，妳一定要提高警覺……看清楚。』「祂」不多做解釋，只是低沉的警告著，提點著：『惜風，睜大眼睛！』

剛剛發出聲音的方向忽然出現濛濛的白光，她看見一個穿著白色和服的女人，頭上燃著三根蠟燭、胸前掛著銅鏡，手持鐵鎚跟鐵釘，正忿恨的拿著一個草人，往樹上猛力的釘去。

距離太遠，她看不清草人上有什麼特徵或是名字，她試著想往前，畫面卻開始移動！

她像是一個圓心，四周的黑暗是個圓筒，正開始疾速轉動！而黑暗中開始出現一幕幕的影像，飛快的掠逝，快到讓惜風莫名其妙而且措手不及！

她看見滿臉猙獰的丑時之女，看見在乾葉堆裡的球，一會兒又看見夕陽在水池中的倒影，一會兒又看見今天早上的會議廳，然後是一間乾淨雅致的公寓、還有——老闆！老闆摟著一個女人的身子，但那不是林玉惠！

「醒來！」臉頰的刺痛讓惜風抽了一下，她登時向上看，那是賀瀟焱的聲音！

眼睛用力一閉再睜開，她視線卻頓時模糊。

「別急，醒了就好。」賀灝焱的聲音依然清晰，「她沒事了，麻煩把這些管子都拔掉。」

他的聲音往後移動，穿著白袍的醫生跟護士都上前，手電筒的燈光直射進她的雙眼裡，刺眼得讓她忍不住避開。

好不容易雙眼漸而清明，她發現自己在醫院，床尾站著吳昱輝，還有擔憂的趙健瑋。她搜尋的人不是他們，吃力的想向右邊看去，賀灝焱的聲音剛剛是從右手邊來的。

「惜風！」小雪猛然衝到她床邊，大大的臉塞滿她的眼簾。「妳沒事了嗎？記得我是誰嗎？有沒有哪裡不舒服，醫生剛剛有沒有說她會腦震盪？」

吵，真的吵死了。惜風皺眉，重重的吐了口氣。

「妳小聲點她會覺得舒服些。」賀灝焱走上前，俯視著她。「妳沒什麼問題，就只是腳扭傷了而已。」

「嗯。」護士為她將病床拉起，好讓她能半坐臥的看著大家。

「聽說是奇蹟耶！大家都說妳突然從樓梯上摔下去，明明是頭著地，可是卻幾乎沒有腦震盪！」小雪雙眼發著光，淚水反射著光線。「簡直就是不幸中的大幸……」

「是嗎？」她微微一笑，「你們呢？都沒事了嗎？」

她看向葉助理，她顯得很疲憊，但點了點頭。

「暫時沒事，不過警方如果有需要得隨傳隨到，畢竟小雪是證人。」趙健瑋在旁解釋著。

「老闆。」惜風看向站在床尾的吳昱輝，他的臉色顯得很凝重。「老闆沒事吧？在哪兒找到的？」

「我聽見新聞就跑回來了，我不知道會發生那麼大的事情。」吳昱輝雙眉緊蹙，「江口小姐是那麼好的一個女人，根本不可能招惹別人，怎麼會這樣……」

「警方不認為是臨時起意，總覺得是謀殺。」趙健瑋提起這個也斂了神色，「要是看過江口的死法，我想也不會有人認為是臨時起意。」

小雪提起這個，就會不自覺的冒起雞皮疙瘩，她永遠不會忘記，推開紙門的那一剎那，看見了什麼。

那是一間日劇裡常看見的和室房間，榻榻米上流滿鮮血，屋裡偏右有一根梁柱，江口小姐就站在那兒，背靠著梁。

如果她的身上沒有釘子的話，就像是輕鬆斜靠在上頭的姿勢，但是她的雙眼插滿釘子，左右眼中還各有一根長釘穿過了後腦勺的頭骨，直直釘進了梁裡。嘴裡也釘滿了長釘，鎖骨那兒也有兩根，分別固定住她的頸項。

鮮血染紅了柱子，餘下全數被榻榻米吸收，江口就這樣面對著紙門，對於小雪來說，她像是與之四目相交，而且江口雅子張大了嘴正在慘叫。

臨時起意，不該會做出這麼令人髮指的殺法。

「這倒不一定。」惜風幽幽出聲，「也有一時衝動的人，會花時間把對方刺成爛泥的，不是嗎？」

她的母親，遺體的胸口上頭根根見骨，連肺臟都成了血泥。

「但這是用釘子，大費周章，所以不像是衝動行為。」趙健瑋託日本朋友了解案件，初步勘驗，江口是被活生生釘在梁上，第一釘穿過聲帶，制止她可能會有的尖叫，再是釘入眼球，最後是嘴巴。

死因是心臟麻痺，白話一點說，是因為劇烈的疼痛導致心臟停止——也就是痛死的。

最麻煩的是，那邊唯一的監視器，不知道何時被人移動了角度，導致鏡頭的角度偏移，根本照不到全景！偏偏那兒根本很少人出入，警衛也沒特別留意！

吳昱輝難受的往後退了幾步，坐了下來，顯得相當痛苦。

「昱輝，別難過了，日本警方會找到兇手的。」趙健瑋旋身，趕緊安慰好友。

「雅子不該這樣結束人生的，她應該嫁給好人，生幾個孩子，過得幸福快樂才對……」吳昱輝重重的嘆了一口氣，語帶哽咽。

這瞬間，小雪的雙眼骨碌碌的轉了起來。

「老闆跟江口小姐原來認識啊！」她天真的揚起聲音，「直接叫她雅子呢！」

吳昱輝臉色一僵，別過頭去，倒是趙健瑋劃上淺笑，點了點頭。「他們曾經交往過。」

「健瑋！」吳昱輝不悅的制止他，趙健瑋一頭霧水，彷彿覺得這只是過往戀情，有什麼好介意的？

「都已經過去這麼久了，沒關係吧？你現在都已經再婚了！」趙健瑋果然相當錯愕，「再怎樣都有過一段情，我知道你也很難過。」

「好了。」吳昱輝忽然站了起來，不想繼續這個話題。「我出去抽根菸。」

他旋身就走了出去，步伐有點急，似乎對趙健瑋提起這個話題頗為不滿似的。不過吳昱輝這一走，倒是合了小雪的心意，她後腳立刻黏上趙健瑋。

「想不到老闆這麼搶手啊！情史豐富！」她那雙眼比哈雷彗星還要亮，「離過婚，又跟江口小姐在一起過，現在還娶了正妹模特兒。」

「唉，昱輝就是比較定不下來。」趙健瑋無奈的笑了笑，都是老友了，他能說什麼？

「是喔？趙律師，你要不要喝點咖啡？我們去買！」小雪回首朝惜風眨了眼，八卦！八卦喔！

不消幾秒鐘工夫，小雪就跟趙健瑋聊著天往外走去，理由是幫大家買咖啡跟麵包先充個飢，事實上她想用閒聊的方式，滿足她的八卦欲。

「好吧，閒人都走了，來談正事。」賀瀠焱拉了椅子坐到病床邊，正對面是一臉狐疑的葉助理。「又是鐵釘，人釘在梁上而死，都跟丑時之女有關。」

葉助理一怔，瞪大雙眼。

「唉，我很不想這麼猜，但總覺得什麼都跟鐵釘有關，也很不安。」床上的惜風接話接得自然，「可是——江口小姐也被詛咒？」

「邪氣很重，到處都是詛咒的氣味。」賀瀠焱望著惜風，然後指向葉助理。「妳們兩個身上有一樣的氣場。」

「咦？等等……你們兩個在說什麼？」葉助理顯神色慌張，「惜風，這位說是妳朋友，但是他剛剛說的——」

「葉助理，妳肚子痛多久了？」惜風語重心長的看著葉助理，「醫生有說為什麼嗎？」

葉助理撫上肚子，她凝重的蹙著眉心，緊抿著唇不發一語。

大家都知道，葉助理請了一星期的假，結果醫生卻說沒什麼問題。

「我在桃園機場時，就看見有根巨大的鐵釘穿刺過妳的肚子。」賀濔焱高蹺起二郎腿，語氣輕鬆自若。「現在也還在，而且妳身上多了不少小釘。」

葉助理大驚失色，她撫著胸口往後退，卻只能貼上牆，這個男人知不知道自己在說什麼？大鐵釘？她身上沒有鐵釘啊！

「類似陰陽眼的一種，他看得見在妳身上的東西，跟在我腿上的釘子。」惜風語調平穩的彷彿已經全然信了賀濔焱，這才是讓葉助理吃驚的地方。「昨晚妳在房間時，不是也看見了那個丑時之女嗎？」

「我……只認為是旅館裡不乾淨的東西。」

「妳明知道的，葉助理，為什麼要逃避？」惜風對此相當困惑，「很少人撞鬼還堅持要自己睡一間，我覺得妳早知道丑時之女的存在，或是早知道詛咒的存在。」

「哦？」賀濕焱倏地站起身，嘴角勾著冰冷的笑意。「這就有意思了，明知道被詛咒也甘願承受啊！」

「我、我聽不懂你們在說什麼！」葉助理慌亂的站起來，立刻揹起皮包往外移動身子。「我不想跟你們討論這種無稽之談！」

二話不說，她帶著恐懼與激動，衝出了病房。

賀濕焱望著她在地上拖長的影子，那巨大的鐵釘依然存在。

「妳知道這間病房裡有什麼嗎？」他背對著惜風，緩緩開口，慢慢轉過身子。

惜風瞪大雙眸，雙拳握了握，透涼的冰冷自脊骨傳來，她不由得在內心哀鳴，不會吧，「祂」真的這麼做了！

「白色和服的——死神？」她的聲音顫抖，痛苦的吐出這幾個字。

「哦，死神啊。看來八九不離十了。」賀濕焱指向剛剛葉助理坐的附近，「沒有確切的形體，但就站在妳身邊。」

「我在會場的樓梯上看過，祂拿著江口小姐的項鍊，手裡握著一大把的五寸釘，撒在地面……撒了遍地的死意。」她緊拉著被子，她不要人在京都，還要受到監視。「可以請你走開嗎？我不需要你這樣寸步不離的守護！」

「……」賀灝焱揚起一抹冷笑，「我沒有要守護任何人的意思。」

值得守護的人已經不在了。

「啊？」惜風錯愕的抬首望向他，「對不起，我不是說你！」

她忿而向左後方看去，「請走開！」

哦，是對死神這麼說啊？不管是哪個國度的死神，橫豎是神，這女生挺帶種的。

房裡的陰冷之氣漸而散去，賀灝焱可以感受到對方已經離去，幸好不是忿而離去。

「在台灣的那個也是死神嗎？妳被死神跟著？」他確定事情會變得非常有趣，「所以看得見人的死期，而且能知道什麼是死意，還收集死意。」

這都是從好友莫一立那邊聽來的，惜風在小琉球時，做了許多讓人毛骨悚然的舉動。

別過頭，她不想談論這個話題。

「OK，我們話題回到詛咒上頭。」賀灝焱很識趣，基本上他也懶得管別人的閒事。

「原本只有妳跟葉助理受到丑時之女的詛咒，現在多了一位江口雅子，而且已經直接死於非命。妳們三個有什麼關聯？」

惜風輕輕搖著頭，「沒有關聯。我跟葉助理是同事，跟江口小姐幾乎沒直接聯繫過，而且這是我第一次出國，第一次到京都來，怎麼可能會招致日本的詛咒？」

「一定有關聯，凡事均逃不過動機。」就算嗜血如命的妖鬼，也有成魔的目的，只是現在不清楚罷了。

「那個……」惜風喉頭緊窒，她深呼吸一口氣。「我是被江口小姐的怨魂推下樓的！」

賀濴焱微微睜亮了眼，狐疑的凝視著她。

她知道說這些很離譜，但對象是這個男的時，她不知道為什麼打從心底信任！明明不了解來歷也不知道他到日本的目的，但她就是覺得在現在這個危急時刻，只有他可以信任！

「她非常非常的恨我，恨到質問我為什麼，質問我是我殺了她嗎？甚至發狂般的把我狠狠推下樓！」之所以相安無事，只怕又是死神的干預。

賀濴焱沒作聲，他確實得到相當有用的訊息。

首先是這位范惜風身邊有陰界之神的保護；再來她被詛咒並非無來由，才死的鬼魂指證歷歷，甚至能對她提出質問；第三，在光天化日之下可以親自碰觸她，表示惜風身上纏繞的怨恨與詛咒已臻成熟。

賀濔焱挑高了眉，好奇的朝她淺笑。「原來妳也看得見啊。」

「看得見？你說鬼嗎？」惜風倒是一點都不避諱這個字眼，「我並不是自願的！但至少我可以選擇要不要看見！」

「選擇？」他不知道這種事還可以選擇的！

當年他逃避自己的命運時，可是下足了封印，戴著多圈封印耳環避免聽見，戴著施咒的眼鏡避免看見，陰陽眼是天生的宿命，哪能由得人選擇！

「我剛說了，我不是自願的，所以能有選擇的決定權。」如果可以，她連這個選擇權都不要。「我到京都時就已經刻意讓自己全然看不見了。」

背上沒有灼熱感，就表示她的封印目前還是正常的。

「……」賀濔焱顯得有點吃驚，「但妳還是看見江口雅子的鬼魂，甚至被推下樓？」

惜風嘆了一口氣，她怎麼知道？明明看不見的雙眼不但瞧見了，而且還被攻擊，所有的保護根本都失效！

「我們得去命案現場一趟。」賀濔焱立即下了決斷，「先搞清楚江口雅子的死亡，就能循線追到詛咒的源頭。」

惜風不悅的握緊飽拳，她從來沒想過自己會有這麼一天——在京都被鬼詛咒？甚至還瀕臨死亡？

「照你看來，我是下一個嗎？」惜風幽幽的問著。

「妳問錯人了吧！」賀瀮焱劃上一抹很機車的笑顏，「能看得見死相的人可不是我！」

「我封眼了！」她咬了咬唇，「我不打算看見！」

封眼——賀瀮焱凝視著她的雙眼，雖然不知道她怎麼辦到的，但看不見也是個麻煩，如果能預知下一個人是誰的話，或許還能搶先一步。

「別妄想了。」惜風忽然冷冷落了句話，「死神的獵物，誰都不得干預！」

賀瀮焱瞬間回身，用一種冰冷肅殺的眼神瞪著她。

「這話什麼意思？」

「該死的人時候到了就得離開，你的出手干預只是延遲對方的死亡或是惹死神生氣罷了。」惜風也不以為懼的迎視著他。

「很遺憾，我似乎從以前到現在，干預過不少次類似的事情。」

「那表示對方原本就命不該絕。」惜風撇過頭，「死亡是天命，誰也爭不得。」

就像在他心底那個深埋的回憶一樣。

那個女孩，就算能救助一百次，她依然會步向死亡。

惜風緩緩闔上雙眼，她知道他心裡那個傷疤，但揭人瘡疤並不是她會做的事情。

「麵包回來嘍！」輕快的聲音打破了病房裡的寒冰，小雪蹦蹦跳跳的回來了。「先吃點東西吧，趙律師說手續辦完後，再帶我們去吃好料！」

唔？走進的小雪眨了眨眼，她也注意到病房內的氣氛好像不太好，小帥哥別過身子，朝著她走來，惜風則面對牆壁，果然剛剛在吵架？

「有什麼口味？聽說他們的炒麵麵包很有名。」賀濎焱動手挑起麵包來，再抽過趙健瑋手上捧著的飲料，俐落的走了出去。

小雪跟趙健瑋交換了神色，氣氛還真不是普通的差。

「怎麼了啊？吵架嘍？」小雪走到惜風床邊，「你們還真不是普通的怪哩！」

「先吃點。」趙健瑋體貼的遞過麵包，「咦？葉助理呢？」

「她出去了。」惜風深吸了一口氣，「因為我跟賀濎焱在討論丑時之女的事情，她很不愉快的走了。」

咦？趙健瑋一愣，丑時之女？

「討論出什麼了嗎？」小雪倒是顯得有點積極，「賀帥哥有說他知道怎麼解決，還是那個丑時之女是誰嗎？」

「等一下——妳們在說什麼？丑時之女是日本坊間傳聞的一個妖怪吧？」趙健瑋一直都在狀況外，突然聽見這樣的對話顯得很疑惑。

「呃，趙律師，我覺得不是傳聞耶！」小雪面露愁容的噘起嘴，「我看見江口小姐的屍體之前，就是先看到丑時之女從那個房間走出來的！」

什麼？趙健瑋腦子接不上現實，她們兩個在說故事？還是在討論一件事實？

不等他反應，小雪一股腦兒的把昨天在機場發生的事，到旅館裡撞鬼，甚至是半夜丑時之女來攻擊一事簡單交代完畢！這也是吳昱輝的訓練，簡報只有三十秒，內容得提綱挈領！

這些所謂荒唐的資訊傳進趙健瑋腦子裡，還是只有離譜兩個字！

但是為什麼小雪跟惜風都一臉再認真不過的模樣？

「所以他提議晚上要到命案現場去一趟，或許可以知道詛咒的源頭。」惜風當趙健瑋不存在，繼續跟小雪討論。「我要麻煩妳去找葉助理，她也是被詛咒的人，應該要去。」

「命案現場！那裡都有人看守，怎麼可能進出？」趙健瑋心跳疾速，現在到底在說什麼？

「我相信賀瀟焱有辦法的。」惜風一聳肩，他既然敢提出來，就表示應該已經有底了。

「那個——賀瀟焱？究竟是什麼人？」這才是趙健瑋想問的，突然出現的男人，自稱是惜風的朋友，而且他們第一次見面，竟然是在警局。

他比他們還早一步抵達警局，帶著朋友去幫小雪跟葉助理兩位進行筆錄。

「他像是術士吧，有陰陽眼，而且還能驅走昨天讓我痛不欲生的丑時之女。」惜風轉了轉眼珠子，「啊，他好像跟萬應宮有關係，你們聽過這個萬應宮嗎？」

餘音未落，連小雪都瞠目結舌的望著惜風，趙健瑋倒抽了一口氣，瞪圓的雙目顯露著不可思議！

「台南那個——萬應宮？」趙健瑋的聲音還有點顫抖。

「我不知道在哪裡，但是計程車司機把他當神似的，還叫他什麼——宮主？」惜風似笑非笑的說著，因為她總是聯想到公主。

「我安排一下，我跟你們去。」趙健瑋忽然指向小雪，「我去找葉助理跟昱輝，這事情恐怕不單純！」

跟急驚風似的，趙健瑋交代完立刻殺出病房，小雪則使勁點頭，把輪椅推過來，讓惜風能下床。

「你們都知道啊？」惜風這才感受到萬應宮三個字的威力。

「恐怕連基督教的都知道。」小雪說話變得很輕，但是帶著一種敬畏。「開玩笑，萬應宮耶！簡直是現在最靈驗的廟宇！」

「哦？」惜風在小雪的攙扶下吃力的坐上輪椅，腳踝包了許多繃帶，走路時還是會痛。

「這幾年他們運用網路的力量，算是達到了很強的宣傳吧！很多人家裡有阿飄或是邪靈，聽說只要能請得動萬應宮的高人出馬，就一定能解決。」

「價碼高就請得到吧？」惜風冷哼一聲。

「NO！NO！NO！」小雪一根食指在惜風面前晃呀晃，「萬應宮並沒有以除妖為人生已任喔！現任的宮主完全是看心情以及看求助者的背景，如果是為非作歹的人來拜託喔，根本不接。」

惜風挑了挑眉，「妳知道的真清楚。」

「厚，我跟萬應宮也有點淵源啦！」小雪下意識握著衣內的平安符，上頭可是繡著萬應宮哩。

這麼厲害？惜風抿了抿唇，但是她沒忘記賀瀮焱初來乍到時說的話，國情不同，鬼也不同，掌管鬼的司掌職位更是不一，他不能在別人的地盤上撒野。

小雪推著輪椅出病房時，趙健瑋正好帶著葉助理返回，只是怎麼又沒看見老闆了。

「他又跑了！」小雪拔高了音，萬分不爽。

「嗯，出去又不見人了。」趙健瑋無力的嘆氣，「我們先去辦手續，然後吃頓飽餐，再來慢慢討——」

餘音未落，前方轉彎輕鬆走來的賀瀮焱，幾乎他一現身，惜風就可以感受到趙健瑋跟小雪有種肅然起敬的氛圍。

「出院手續我辦妥了，我們有兩台車，輪椅女就放我車上吧！」他吊兒郎當的發號施令。

一台車是葉助理承租的，後來由趙健瑋開過去，另一台是賀瀮焱借來的。

「是！」趙健瑋還恭敬的回答。

賀瀮焱瞬間覺得狐疑，他蹙起眉心，看著推過來的惜風，用質疑的眼神瞟向她。

「我跟他們提到萬應宮了。」她誠實以告。

「噢。」賀瀮焱回頭瞥了所有人一眼，劃上微笑。「把我當普通男人就好了，我在這片土地上，沒辦法像在台灣那麼囂張。」

「所以你真的是萬應宮的宮主嗎？」小雪雙眼熠熠有光，緊挨在賀瀮焱身邊。

「嗯，但是沒用。」他冷冷的勾著嘴角，什麼宮主、什麼高人，在異國的土地上，根本無用武之地。

一行人在緘默中往前走，惜風對此感到讚嘆，連歷經風雨的律師，都會對這個二十出頭的男人禮讓三分吶！

「我想請問……每個人都必須去命案現場嗎？」最後面的葉助理，好不容易發出脆弱的聲音。

賀瀮焱回首瞥了她一眼，「不是每個人，但是妳必須去！」

「但是我……」她哭喪著臉，才準備說些什麼，頭頂上的日光燈忽然閃爍明滅。

賀瀮焱左手立即打直，阻止了所有人前進的動作，有鬼魂在附近，而且威力不小，還刻意影響了電器。

他們眼前是醫院的長廊，而約莫三公尺的前方有條往右的岔口，剛剛賀濡焱就是從那兒回來的，他們現在也必須右轉才能離開醫院。

沙……白衣女人以極緩慢的動作，從右邊的路口走了出來，她頭上戴著一圈鐵圈，上頭插著三根燃燒著的白色蠟燭，胸前掛著染血的銅鏡，腳穿高木屐，雙手分別拿著釘子與鐵鎚。

但她嘴裡沒有咬著木梳，因為沒有辦法。

丑時之女幽幽的轉過頭來，她張大的嘴像是哀號，裡頭塞滿了鐵釘，而那雙應該岔岔不平血紅的雙眼，也插滿了釘子。

「江口小姐？」小雪忍不住喊出聲來，她——就是丑時之女！

江口拿著釘子的手高高舉起，毫不猶豫的直指惜風。

所有人都看見這鬼魂了！葉助理連站都站不住，得由趙健瑋扶著才不至於癱軟倒下。

賀濡焱順著江口手指的角度，低首望向了惜風。

「恭喜各位了。」他沉下了臉色，「第二位丑時之女誕生。」

第七章・哀鳴

「第二位丑時之女。」

賀濔焱說完那句話後，便直直走向那個像在哀號的江口，只見他從外套裡拉出一長串的念珠，直接朝著江口甩去，鬼影瞬間消失，無影無蹤。

小雪竟然興奮的把他當偶像崇拜，還一直想看那串佛珠是什麼。

結果那不是台灣的佛珠，而是日式的念珠，跟一般所熟悉的不一樣。念珠來自清水寺，京都最有名也最古老的神社。

原來賀濔焱已經先跑過神社了。正如他說的，哪兒的鬼由哪兒的法條管理，雖然日本有所謂「百鬼」，但也是個號稱有八百萬神的國家，因此他先去跟當地的神社打通關係，甚至還有友人引薦。

至於什麼友人，他沒有多說，只顧著吃他的蓋飯。

趙健瑋帶大家到京都高級料亭「菊及井」吃飯，處在幽靜之處，這氛圍不禁讓大家有點擔心；不過看著賀濔焱跟著大家一道來，剛剛那些煩惱似乎瞬間拋諸腦後了！

惜風吃得不多，她覺得心煩意亂，小腿隱隱作痛就算了，腳踝又扭傷，天曉得今晚丑時捱不捱得過？

而且天花板一直有東西在移動，讓她忍不住直往上瞧。

「別看了，他們不礙事的。」坐在對面的賀濂焱悠哉悠哉的開口，「還有趙先生，你就別打電話了，他要接就會開機。」

趙健瑋錯愕不已，尷尬的放下電話，打吳昱輝的手機一晚上，說不回就不回，讓他有點困擾。

「什麼？什麼？」小雪好奇的湊過來，「惜風在看什麼？」

「她在看屋頂上的東西，爬來爬去的，只是有點吵罷了。」賀濂焱喝了口清酒，啊！還不錯！

小雪跟著往天花板看，眨了眨眼，都快把天花板看穿了，什麼玩意兒也沒瞧見啊！

「我昨天晚上也有看到，那可不是在天花板，是在牆壁邊，跟蜘蛛一樣攀著！」

惜風不耐煩的戳著飯，「我一對上眼，他就跑了。」

「所以我說他們不礙事，不喜歡現身在人類眼前。」賀濂焱望著最角落的葉助理，她幾乎一口都沒吃，就真的是在戳飯。「葉小姐，妳務必要把這餐吃完，妳沒有太多生氣了。」

「咦？」葉助理猛然抬首，顯得錯愕非常。「我——我沒胃口。」

「晚上還有得熬，先不管中間會發生什麼事，光是丑時三刻，妳說不定根本熬不過！」

葉助理聞言臉色只有更加蒼白，她緊抿著唇，一臉泫然欲泣的模樣。

「慢慢吃，沒關係。」趙健瑋趕緊打著圓場，這賀先生說話真是不客氣的直接。「今天發生這麼多事，又加上看見——好兄弟，她們都是女孩子，原本就會比較脆弱，給她們一點空間。」

「鬼可不會給她們空間跟時間。」賀濂焱根本懶得搭理這種藉口，「我原本就沒興趣管你們的事，隨便你們。」

他動手舀起中間的火鍋，眼神直勾勾地盯著惜風，他只對范惜風有興趣。

對她身邊那個東西更有興趣。

「所以——」小雪終於找到機會插話了，「天花板裡有什麼？」

好樣的！惜風再次佩服起小雪，這樣的氛圍都影響不到她，她想起自從邋遢大叔出現之後，小雪也只有保持距離一陣子，但依然跟她攀談。某方面而言，小雪思路非常的單純。

「那東西叫『天井下』，是日本鬼怪中的一種，以吸食人類生氣為主——少量的，不必擔心。」賀瀟焱倒是對小雪很寬容，露出和善的笑意。「完全不會傷害人！」

「哇，好怪的名字喔！天井下——」小雪喃喃唸著，大口塞進烤肉，她也是這桌中唯二吃得心無旁騖的人之一。「來，葉助理，妳可能是貧血，多吃點牛肉補血！」

即使她今天發現江口的屍體，還是能吃得下三分熟，血淋淋的牛肉。

「噁——」果不其然，葉助理筷子一扔，乾嘔兩聲，瞬間離位，往洗手間的方向衝了出去。

在場剩下的三個人莫不無奈的看向小雪。就算葉助理不是第一發現者，她也因為小雪的尖叫聲所以來到命案現場外面，清清楚楚的瞧見了江口雅子的死狀啊！

「怎麼了嗎？」小雪一臉憂心忡忡，「我去看她一下！」

「不必！」惜風及時揪住了她的袖子，「真的沒關係。」

「小雪啊，妳今天看見了可怕的場面，怎麼還吃得下生肉呢？」連趙健瑋都不免皺起眉，他在警局光看見照片就想吐了。

噢，小雪夾起一片牛肉，很是狐疑。「這有三分熟，不是生肉啊！」

「趙先生的意思是，照理說妳應該吃不下的，像葉助理一樣，滿腦子都是那個畫面。」惜風盡可能清楚的解釋。

「噢，屍體很可怕啊！超噁爛的，我當場不是發出尖叫了？」小雪愣了愣，「但因為那樣不吃飯？不吃頂級和牛？我做不到！」

「噗……」對面的賀濂焱忍不住笑了起來，手裡拿著酒杯，啜了數口。「我了解，我非常能理解妳的想法！」

「是厚！」小雪眉開眼笑，賀帥哥第一次笑得這麼開懷，是因為她喔！

惜風不解的看向賀濂焱，他嘴角掩不住笑意，也夾了一塊牛肉，津津有味的嚼食入腹。

「小雪的情緒是分開的。」他簡單的說明，「基本上他們只要有更值得專注的事情，另外一件事就會失去影響力。」

惜風忍不住回想，在公司時——小雪的確有這種傾向。

曾經，有律師對她咆哮怒罵，她掛著淚水走出來，然後一個人可憐兮兮的坐在電腦前——上網，閱讀娛樂新聞，不必三秒鐘，她立刻變成一尾活龍，開始吱吱喳喳的跟大家討論最新的娛樂八卦。

的確，她的記憶洗得是很快——但是未免也太快了些吧？

「我有點羨慕。」趙健瑋嘆了口氣，望著桌上的手機。

「你怎麼了？為什麼非常擔心一個成年人？」賀濡焱對這點煞是好奇，「他好歹是個律師，也四十來歲了吧？」

「嗯，但我還是覺得很不安。」趙健瑋果然眉頭深鎖，「京都對他而言，不是個好地方。」

「怎——」麼說？賀濡焱原本要問的，但是有一隻手更快的高舉！

「我知道！我知道！」小雪興奮的搶答，「因為老闆的前妻就是在京都失蹤的！」

「失蹤？」其實老闆很少談論私事，在今天以前，惜風甚至不知道他離過婚。

「嘿呀，不是離婚喔，是失蹤。」小雪很認真的說著：「十年前的事情了，老闆跟前妻到京都來玩，他連著開會兩天，回到旅館後，老婆就不見了！」

「唉，就是如此，他一直避免回到京都！回到這裡，珮恩的陰影對他來說太大了。」趙健瑋擔憂的就是這個，在出發前昱輝就已經心浮氣躁了。「玉惠也是知道如此，才刻意跟來京都。」

「啊？問題是——林玉惠並沒有跟老闆住在一起啊！」惜風搞不清楚這一點，這是陪同的意義嗎？

「昱輝就是這樣，他其實不希望玉惠跟來，或許覺得有愧前妻。」雖然拗不過玉惠，但是下榻的飯店卻完全不一樣。

「等等，你們還沒說，那位前妻失蹤後呢？」賀濔焱挑了挑眉，要挑重點問吧？那位失蹤的前妻怎麼就沒下文了。

「啊——就失蹤了啊！」小雪壓低了聲音，「沒有再出現！在日本也是列為失蹤人口。」

「失蹤啊——」賀濔焱倒是不以為然，「趙律師，你拿得到那位前妻的照片嗎？我想給惜風看看，說不定會覺得面熟。」

「面熟？」惜風搖了搖頭，「我不認識老闆的前妻。」

現任妻子已經夠機車了，前妻她沒興趣認識。

「說不定跟昨晚看見的丑時之女會有點相似？」賀濔焱是這麼想的，這麼大一個人不會無故失蹤，所謂失蹤——八九不離十是已經不在人世了。

「咦？你是說老闆的前妻已經死了？」小雪拔尖了音，顯得不可思議。

喀啦，紙門倏地被拉開，門外的葉助理臉色鐵青的瞪著小雪。

她的推門也讓大家有點小驚嚇，時間搭配得太過剛好，所有人都目不轉睛的看著她。

「妳們在說什麼？聊別人的私事很有意思嗎？」葉助理彷彿換了個人似的，不客氣的斥責：「趙律師，你也真是的！老闆家的事情拿出來跟工讀生八卦什麼！」

「我只是擔心他。」趙健瑋擰起眉頭，面對葉助理的盛氣凌人，他反而更加武裝自己。「何況我也不是在說三道四，我說的是事實！昱輝在之前的確有妻小，這有什麼嗎？」

咦？惜風一怔，與賀瀟焱面面相覷：妻小？還有孩子？

「我聽見的是——誰說沈珮恩已經死了？」葉助理顯得忿忿不平，一腳踩了上來。

「那個只是瞎猜而已啦！」小雪忙不迭的站起，「葉助理，妳不要那麼生氣嘛，我們只是猜猜而已，因為她失蹤了十年——」

「失蹤十年不代表已經死了！」她怒目瞪視著小雪，低聲咆哮。

「我們講的不是一個孩童的失蹤，是一個大人。剛剛還說有妻小，母子兩個一起失蹤嗎？」賀瀟焱打斷了葉助理的低吼，他不在意。「不見屍體就不能成立兇殺案，但也不代表這兩個失蹤者是樂觀的。」

「你——你在危言聳聽些什麼？從你出現開始，就一直在怪力亂神！什麼鬼怪、天井下、丑時之女！」葉助理矛頭立刻指向了賀灝焱，「連夜探命案現場這種事都說得出口，你到底存的是什麼心？」

面對葉助理的怒吼，所有氣氛都被破壞掉了，趙健瑋不悅的皺著眉頭，正想著該怎麼制止這位不屬於自己的員工；小雪陪著笑臉，希望緩和氣氛，卻發現自己做不到。

賀灝焱當馬耳東風，依照他的經驗，失蹤者只怕早已凶多吉少，只是不知道屍體在何方罷了。一向最安靜的惜風卻深吸了一口氣，硬是把面前的清酒一飲而盡，然後重重放了下來。

「葉助理，這也是我想問妳的！妳存的是什麼心？」惜風忽然語出驚人，「妳明知道自己身體有問題，也親眼看過丑時之女的鬼魂出沒，卻堅持不相信，甚至說這是怪力亂神！在我看來，妳像是一個等死的人！」

惜風！小雪暗暗抽了口氣，她怎麼火上加油了啦！

「甘願受疼痛的折磨，甘願被丑時之女傷害，為什麼？妳覺得自己理應承受這個懲罰嗎？」惜風高昂起頭，「還是說妳做了什麼見不得人的事，讓妳覺得應該被丑時之女懲治？」

「惜風！」趙健瑋也忍不住出聲制止，她知不知道自己在說什麼？

惜風不動聲色，平靜的面容迎視臉色變得難看的葉助理，豆大的淚水往桌上的湯裡掉，她嗚咽一聲，突然就坐上了榻榻米，低聲哭泣起來。

雙拳緊握，全身顫抖個不停，有份恐懼壓在她心底，迫使她逃避一切，連面對丑時之女的勇氣都沒有。

「通常這種我都稱為作賊心虛。」賀濡焱冷冷的出聲，「葉助理，妳知道什麼事對吧？關於丑時之女？」

「我不知道……」她哽咽的哭喊著，「我只知道老闆跟珮恩其實一直處不好，她們失蹤的前一晚，還大吵了一架……然後，然後就不見了。」

「妳也認為她們凶多吉少，對吧？」賀濡焱再次追問，「或許根本不需要照片，惜風剛剛說了，妳昨晚跟丑時之女照過面——妳應該認得她的模樣。」

「不——」葉助理摀住臉頰，失聲痛哭。「不是我害的！不是我！」

啊——趙健瑋瞬間站了起來，蒼白的神色望著趴在地上哭泣的葉助理，難道說——她們口中昨晚的撞鬼，那個丑時之女真的是珮恩？

「不會吧……昨天那個真的是前吳太太？」哎喲喂呀，小雪的雞皮疙瘩頓時又長滿了手臂。

「那——」惜風更加不解了，「請問關我什麼事？」

她壓根兒就不認識什麼前吳太太，老實說連江口雅子都不熟，現在這些人衝著她來是什麼意思？

「親自去問問，妳覺得怎麼樣？」賀濡焱還在剝蝦子呢！一派從容。

「就親自去問問。」惜風堅定的回答著，不管對方是什麼，她都不會畏懼。

她可是從小就在死神陪伴下長大的女人，還有什麼值得生畏的呢？

※　※　※

子時剛過，一行人影悄悄的出現在會場附近。

由趙健瑋帶頭，身後跟著賀濡焱、惜風、小雪跟舉步維艱的葉助理，一行五個人悄悄的從所謂的「後門」進入會場。

「後門雖然沒警衛，但門是上鎖的。」趙健瑋已經說過了，但依然擔心。「裡面也還有監視器。」

「這你不必擔心，鎖會開，監視器嘛……」賀濂焱胸有成竹的笑著，「會有鬼遮眼。」

鬼——鬼遮眼？小雪整個人勾住惜風的手臂，在這種寒風陣陣外加狗叫聲頻傳的時刻，她覺得毛骨悚然耶！

「妳不是覺得他們兩個很帥氣嗎？」惜風涼涼的問，怎麼現在全身抖個不停。

「哎喲，還是很可怕。對不對，葉助理？」她趕緊回頭找人幫腔，葉助理一句話都不必說，從她恐懼的臉色就能分辨一二。

葉助理原本是打死都不想來的，但是想到丑時之女的詛咒，自己未曾痊癒的腹痛，咬著牙還是被小雪拖來了。

小雪看著她雙手抱胸的瑟縮，索性鬆開緊勾著惜風的手，轉而把小手穿進葉助理手肘下，緊緊勾著。葉助理微微一愣，愕然的抬首望她，小雪卻只是回以微笑，說著這樣有伴。

反正惜風感覺一點都不害怕，她要把溫暖分給比較需要的人。

小雪看不見的是，惜風手套下的雙手，正不停的冒著手汗，她或許不會像一般人這麼畏懼，但說完全不怕是騙人的。

死神歸死神，她知道祂不會輕易傷害她，但不管是老闆的前妻或是江口小姐，對她的恨意是切實的——這令她害怕。

她研究過許多案例，人殺人是相當兇殘且不眨眼的。

律師這行業能看盡牛鬼蛇神，整座法院就是地獄。

趙健瑋抱持著相同的想法，他對於陰陽鬼界之事是相信的，當律師這麼多年，對萬應宮早有耳聞，許多警察的破案線索來自萬應宮的協助或是指點，大家都只是當作一種秘談，從不拱上檯面。

但他知道不甘的怨靈，會想要昭雪，會想要得到平反，甚至想要復仇。

黑暗的想法成天都在他心中與腦中滋生，但是律師的身分讓他的理智制止這些恐怖的想法，告訴他用法律懲罰那些罪人。

只是——有時候律師再努力，也敵不過法官那一關。

人世間有太多無奈，他幾乎都已經快失去對人類的信心了。

「停。」賀濴焱高舉的雙手一握拳，「該佈局了——」

只見他口中喃喃出聲，伸出的右手突然冒出白色煙光，所有人都清楚的瞧見，有什麼東西從他手臂裡緩緩竄出，散發著白光或是白煙——然後瞬間自指尖衝了出去！

那像是所謂的靈體，霧白且半透明，以流暢疾速的姿態，咻的向四面八方離開。

「好了。」賀濡焱滿意的環顧四周，鬼遮眼已經完成了，他這才邁開步伐。

所有人目瞪口呆的說不出話，只能跟著他往前走，趙健瑋用一種不可思議的眼神望著他，卻得到他示意閉嘴的眼神。

終於來到後頭的木門，這門是只出不進的，所以木門外沒有任何門把，也沒有任何可以撬開的著力點。當然，賀濡焱從頭到尾都沒有說要撬門。

只見他輕輕敲了兩下木門，大家聽見裡頭傳來喀啦的開鎖聲，橫門拉開，那扇木門應聲而開。

木門開啟的剎那，惜風彷彿見到一抹紅色的影子飛掠。

「啊！你就是用這種方式進葉助理房間的！」小雪驚呼出聲。

「噓！」惜風連忙摀住她的嘴巴，搞清楚現在他們是偷偷潛入的耶！

賀濡焱搖了搖頭，有個不穩定的人在場——兩個，看來他應該讓警衛們陷入催眠狀態才對。

輕聲的走上窄小的樓梯，每個人躡手躡腳的盡可能不發出太大的聲音，由趙健瑋帶頭走，賀濡焱殿後，他站在樓梯口回首瞥了木門一眼，隱隱約約的紅色身影再度出現，輕巧的將木門關上。

「謝了。」他淡然一笑，那笑容裡包裹著一種久違的天真。「召喚一些地縛靈想辦法讓警衛們忽略上頭的情況吧！」

紅色無腳的身影頷了首，穿牆而去。

等賀濂焱趕到被黃色封鎖線圈住的現場時，趙健瑋已經非常專業的要大家套上無塵足套，每個人頭上都依規定戴了毛線帽，手戴手套，儘管這裡開了暖氣，但誰都不許脫下身上任何一件衣物。

小雪望著這間染血的和室，榻榻米上的鮮血比上午看時更加深褐了，因為血液已經氧化的關係，不再鮮明耀眼。

他們小心翼翼的魚貫走入，若不是地上那一大灘鮮血跟物證的標記，這只是一間普通的和室。

釘著江口屍體的柱子是深黑色的，鮮血在上頭不容易留下痕跡，除非使用光敏靈才能看見血痕，命案現場靜寂無聲，賀濂焱只顧著環顧四周，這裡鬼氣森森，恨意綿延，有人死得並不甘願。

『嗚……嗚……』幽冥的哭聲果然立刻傳來，小雪差點尖叫，是惜風及時摀住她的嘴。

『嗚嗚……嗚——』那哭聲非常的近，近到每個人都不由得隱隱發顫。

葉助理慌張的拿著手電筒胡亂照著，賀濡焱刺眼的舉起手。「不要亂照！鎮靜點！」

她哪聽得進去？這動作也影響小雪，兩個人拚命用超亮的LED手電筒照著，就怕忽略了站在身後或身邊的鬼魂！

惜風仔細的聽著哭聲來源，如此的近，甚至彷彿就在眼前。她舉起手電筒往正前方照去，那兒只有一根柱子——那根釘著江口屍體的柱子。

只是在光影的交錯下，惜風忽然發現那不是一根直挺挺的柱子，竟呈現彎曲扭轉，從她這個角度看過去——竟然出現一張哭泣的人臉！

天！她嚇得往後踉蹌幾步，那柱子上似乎有雙眼睛，正恨恨的瞪著她。

「是——是柱子！」她輕聲的說著，滿臉的不可思議！

「柱子？」趙健瑋立刻舉起手電筒往柱子上照去，所有的光源瞬間集中在那柱子上頭，哭聲竟更響亮了！

『嗚哇哇……嗚——』柱子上不但有人臉，還有張開闔的嘴巴：『你們這些蠢人類！愚蠢！敗類！』

賀濎焱也見過一些妖精，但是柱子精倒是第一次看見，不愧是不同國度的鬼妖啊！

「啊！該不會是……」趙健瑋努力回想著他曾看過的資料。

「逆柱。」賀濎焱蹲下身來，用手電筒仔細照著那張彷彿在哭喊的臉。「這是粗心的木匠把具有靈氣的樹木以反方向做成柱子的緣故，柱子會產生怨氣的。」

樹木在生長的時候本有上下之分，也該依此方向製成柱子；如果木匠弄反了，柱子便會生氣，在深夜時發出怪聲，為自己抱屈。

「對，日本人原本就認為逆柱會帶來火災或是其他不吉利的事情，所以木匠都會特別的小心。傳聞中如果不理會逆柱，他還會改變外形，」趙健瑋緩緩的說著眼前的不可思議，「也有可能出現人的哭臉。」

「所以，這根是具有靈氣的柱子？變成逆柱？」惜風緊蹙了眉，「江口小姐偏偏被釘死在這根柱子上頭？」

『死得好！死得好！』逆柱咆哮著，『該死的人類，竟然在我身上釘了洞，還用污穢不堪的血污染我！』

「我會盡己所能的為你淨化。」賀濎焱揮揮手，「別再拿手電筒直照他，他不舒服！」

逆柱聞言，哭聲轉為低泣，感動般的望著賀瀮焱。

「我也會建議把柱子歸位，我想現代可能很少人會理會這種古時傳說了吧！」趙健瑋也蹲下身來，效法賀瀮焱的禮貌。

「早上更是委屈你了，讓你成為釘屍的死刑台。」賀瀮焱聲音異常的溫柔，「不過丑時之女總是很喜歡在樹上釘草人，只是我們沒想到，會在大白天釘死人。」

『丑時之女……』逆柱的聲音明顯變了調。

同時間，賀瀮焱可以感受到逆柱那若有似無的眼神，看向了他們的身後。

小雪倒抽了一口氣，那聲音清晰可辨，惜風瞪大了雙眸往後頭瞧，隱隱約約的白色身影漸漸而浮現，穿著丑時之女標準服裝的人終於現身。

但並不是什麼吳昱輝的前妻，而是今早死在這裡的江口雅子！

「江口？」趙健瑋回過身，顯得相當訝異，尤其對於她一身的詭異和服跟頭上的三根蠟燭更是吃驚。

『為什麼？為什麼！』她口不能言，聲音卻清楚的傳進大家的耳裡。『該死的不是我！是妳！』

鐵釘再次指向惜風，準確無誤。

「為什麼我該死？」惜風上前一步，這是她亟欲搞懂的一切。

『就是妳搶走昱輝的！是妳害死我的！』江口雅子餘音未落，疾速朝著惜風奔至。

所有人根本聽不明白，連惜風也是丈二金剛摸不著頭腦，眼看著抛出日本念珠未果，他當下明白這裡有著凶惡的氣場，更是江口雅子的死亡之地，普通的術法根本拿她沒轍，只能眼睜睜看著她穿過了他的手——直朝惜風奔去。

不需鐵鎚，江口雅子握著釘子直直要戳進惜風的眼裡。她眼明手快的拿起手電筒擋住，鐵釘穿進了手電筒裡，鏗鏘聲碎了一地！

「果然……」賀濚焱覺得不可思議，「她竟然碰得著惜風！」

明明穿過他的手，卻能碰得到惜風的相關一切，有什麼東西連結著——是詛咒嗎？

「什麼叫我搶走老闆？我更沒有殺死妳！」惜風用力抵抗著，但是厲鬼的力道如此強大。

『我會詛咒妳，詛咒妳——』滿是鐵釘的眼與嘴在惜風面前吼叫著，一旁的小雪抓起自己手上的大型手電筒，立刻以擒抱之姿，撲向江口雅子！

然後直接穿過她撞上逆柱，疼得跌落在地。

除了惜風，誰也沒辦法觸及鬼魂的實體——因為鬼魂不該有實體！

嚇得屁滾尿流的葉助理早就癱軟在地，她仰首望著可怕的鬼魂，嘴裡不停喃喃唸著阿彌陀佛……阿彌陀佛……

『妳——』江口雅子忽然也注意到她似的，頭一低垂。『共犯！就是共犯——』

「呃！」惜風再也抵擋不住了，她的手被衝開，江口雅子拔出鐵釘，再一次往惜風的眉間狠狠捅去！

「乾媽！」身後的賀濔焱彷彿在大喝著，釘子沒有釘進惜風的眉間。

在詭異的紅色身影衝至之前，江口雅子被一股莫名的強大力量阻擋，並且在所有人面前被狠狠的揮打出去，甚至穿過了這棟會議堂。

紅色的身影沒有接近惜風，那身影倏而止勢，惜風看不清對方半模糊的身形，只見她狀似倉皇的進入賀濔焱的體內。

一切是那麼的急促且無法預料，甚至也沒人知道為什麼江口雅子會突然就飛出去。

『丑時之女的怨恨真深吶……啡，比我這逆柱還要恨啊！』逆柱開始笑了起來，『所有妨礙她的女人都該死，都應該要比那個女人還要慘！』

「走，離開這裡！」趙健瑋回過神，第一句話就是要大家離開，這裡太可怕了！

惜風全身都已經被冷汗浸透，小雪趴在地上不停撫著頭，趙健瑋掠過她們兩個，先去把已經不能動彈的葉助理攙扶起來，她連走都走不動，只好將她揹上身。

「不是我……不是我……」葉助理兩眼無神的不停重複一樣的話，趙健瑋只能嘆口氣。「賀先生，這兩個應該還能走，就麻煩你了。」

賀瀟燚點頭，他正低聲的對著自己說話，然後才走到小雪身邊，戳了戳她。「起來，我知道妳走得動。」

「很痛耶！」她哭喪著臉，一臉無辜的站起來，頭一定腫了個大包。

賀瀟燚來到惜風面前，她雙眼依然發直，但是意識是清明的。

「走吧。」他輕柔的說著，大手搭上她的肩。

「為——為什麼？」惜風顫抖著提出問題，「究竟在搞什麼？」

「出去再說。」他可以感受到惜風自體內散發的怒氣，被詛咒，被攻擊，全都不明就裡。

只是才走沒兩步，他突然回身看了眼逆柱。

「你應該吸收了死者的冤跟丑時之女的恨吧？」透過鐵釘與死亡前的情緒，應該確實的傳達給這具靈氣的逆柱了。「丑時之女究竟為什麼要殺掉江口雅子？」

逆柱沉默了幾秒，宛若人類的沉思。『是誰告訴你們，殺掉那女人的是丑時之女？』

「咦？」這下連惜風都詫異的回頭了。

『那個女人的恨，比丑時之女還嚴重呢！嘻嘻嘻……』

第八章・弱者

江口雅子的死是人為。

逆柱一句話，讓所有人都陷入了沉思當中。

她並不是受詛咒或是被鬼所害，而是切切實實的被同為人類的生物所殺死。

這反而讓眾人更加不舒服，是什麼樣的恨，足以讓一個人將手無縛雞之力的女子，釘在柱子上，甚至一根根針往她眼球裡釘，往嘴裡釘？

這需要花費一定的時間，而且要有足夠的怨恨。

「可是我那時真的看見丑時之女了。」小雪變得很安靜，她開始覺得逆柱的話對自己不利。「我沒有殺江口小姐。」

「妳並不認識她吧？」惜風輕拍著她的後腦勺，誰叫她明顯被嚇壞了。「而且那麼一點時間，並不夠妳殺她。」

在這之前，小雪都坐在她身邊，在會場的後方。

「我們先走吧，那位江口雅子的怨魂還會再回來的。」賀濕焱穩重的說著，驅趕著大家離開。

惜風的無塵布套擦過榻榻米地板，可以感受到藏在榻榻米細縫中的死意，尖銳傷人，那是不甘願死之人，在死前留下的結晶。

老實說，這也是罕見的。

「給我三十秒！」她說著，立刻從大衣外套中拿出透明小罐子，手腳俐落的蹲了下來，開始鑷出那一顆顆尖銳的多方結晶體！

「又來了？」小雪回首，「拜託！不要再撿什麼死意了！」

「這是很寶貴的。」她專挑大的撿入盒子裡，即使戴著手套，動作依然俐落，看得出來惜風很常做這些事。

賀濔焱不明所以的湊上前看著，果然瞧見帶著灰紅混色的結晶體，正被惜風好整以暇的撿入盒子當中，一旁的逆柱也正目不轉睛的瞅著她看，彷彿對那結晶體很好奇似的。

「這些東西應該被鑑識人員帶走了才對。」賀濔焱非常狐疑。

「普通人感覺不到的，這是死意。」惜風幽幽的解釋著：「自殺的意念、將死的意念、不甘願而死的意念，都可以稱為死意。」

只要有死人的地方，就會有死意的殘留。

「妳撿這種東西做什麼？」這是他覺得有趣的。

惜風微怔，抬首看了他兩秒，繼續她手邊的工作，一顆、兩顆、三顆、四顆，這些死意是如此的碩大，甚至還有粉紅色的結晶石——咦？

「江口雅子回來了！」賀濂焱低喃著，立即從口袋中拿出神社的結界繩。「妳快點跟著趙健瑋走！」

惜風立即起身蓋緊蓋子，那透明的圓盒裡有著一堆半透明的結晶體，此時此刻有一顆粉色的結晶特別澄澈耀眼。

可怕的壓力與陰氣自外頭飛至，惜風躲進趙健瑋的手臂下，所有人飛快的下樓，而牆外飛進瘋狂的厲鬼，手持鐵鎚正準備狠狠的往賀濂焱敲下。

他拋出繩子，準確的圈住她的手腕，江口雅子頓時花容失色！

『嘎呀——』繩索圈住她手腕處綻放出一抹橘光，賀濂焱使勁把她拋進屋內。

她狼狽的摔落，右手肘以下通紅一遍，彷彿燒紅的烙鐵般，呈現一種璀璨的光芒。

賀濂焱再拿出一包白色結晶體，從容的將和室屋的L形外圍撒滿，神社的人說了，鹽巴是最好的避邪物——暫時。

猙獰著嘶吼的丑時之女意圖衝出，果然撞上了無形的牆，她橘紅的右手應聲而碎，像是燒盡的木炭，正塊狀成灰。

『啊啊啊啊——』丑時之女哀鳴著，她忿恨的瞪著賀瀮焱：『我不會放過她的！我的詛咒會持續，我們會讓她痛不欲生，巴不得一死了之！』

賀瀮焱封好鹽巴，他喜歡利口袋的包裝，回身擺擺手，再見別廢話。

『丑時三刻！她撐不過三天！我們的怨會化成釘子，穿過草人，傳進她的身體裡！』

他停下腳步，回首，瞥了丑時之女一眼。

丑時三刻啊！望了望手錶，一點三十分，還有一個多小時。

他快步下樓，紅色身影再度現身，輕柔的鎖上木門，再穿過木門回到賀瀮焱身體內，那木門完好如初，不會有人知道曾經有人闖入。

和室裡斷了右手的丑時之女仍在嚎叫，她拚命的撞擊脆弱的鹽牆，咒罵著她所恨的女人；逆柱在咆哮嗚咽，咒罵著眼前這個傷害他的死女人。

賀瀮焱俐落的坐進車裡，當兩台車都離開會議堂之後，他伸出窗外的手再度接納飛回的白色物體，他們順著手臂竄入他的身子，隱匿。

「那是什麼？」坐在駕駛座隔壁的惜風認真的望著他沒事的手，「你養小鬼嗎？」

「不關妳的事。」賀濎焱懶得回答。

「那我們現在要去哪裡？到了命案現場，也沒問到什麼。」小雪囁嚅的說：「只知道江口雅子好討厭惜風，而且好像說惜風跟老闆交往一樣。」

「我沒有。」惜風冷冷的駁回。

小雪咬了咬唇，她也這麼認為，因為老闆跟惜風之間一點點火花也沒有。可是為什麼那個厲鬼會這麼認為？而且江口雅子不是跟老闆是前男女朋友嗎？現在再計較這件事太奇怪了吧？

要嘛也應該計較林玉惠才對啊！

「可能有什麼誤會，讓她誤以為妳跟吳昱輝在交往。」賀濎焱拿出手機一邊按著，「事實上，我覺得這件事的起因就單純的只是因為無聊的愛情遊戲。」

「愛情？老闆的關係嗎？」

「嗯，丑時之女原本就是被愛人拋棄而產生的鬼怪傳說，你們老闆的關係我看複雜得很，姓趙的多有保留。」賀濎焱冷冷笑著，「喂，趙律師，我想請你帶我們到吳昱輝前妻失蹤的旅館。對！就是那裡，好！我跟車。」

「咦？為什麼要——」小雪眨了眨眼，現在她只想回去休息，太嚇人了。

「還有那個葉助理一定知道什麼，我想那位江口小姐對惜風的恨意這麼深，理由如此牽強，說不定——她跟吳昱輝根本還是男女朋友的關係。」否則按照時間表，吳昱輝跟現任妻子都結婚七年了，如果分手七年了，哪有這種恨？

惜風緊閉雙眼，萬分不悅。「那關我什麼事？」

「不急，會知道的。」賀濡焱趁機偷瞄了後照鏡，一雙不屬於人類的眼睛嚇得瞬間溜走。

後座就坐了小雪一人，他想暫時別嚇她好了，有東西跟過來了，但是他很樂意讓那玩意兒跟過來。

車子開了約半小時左右，來到一棟古色古香的旅館，是京都舊式建築所改建，位於市郊。

小雪一下車就覺得雞皮疙瘩都跑上來，她現在對於古老建築真的是退避三舍，坐在車裡不願下來。

跟她一樣的還有葉助理，精神混沌的她一會兒意識清明，一會兒瘋狂似的喃喃自語，緊巴著前座的椅背，死都不下車。

「好吧！」賀濡焱要大家別逼她們，彎身朝小雪一笑。「有空的話，順便幫我問問跟來的那傢伙是誰。」

「咦？」小雪錯愕得一愣一愣，「跟來的什麼？」

「有好兄弟跟著來，就坐在妳旁邊，他現身的話記得問問。」賀濡焱揚起壞心眼的笑容，還拍拍車頂，鎖上車門。「Bye！」

旋過腳跟，他跟大家示意繼續往前走，不必等她們兩個。

「珮恩最後出現在這裡。」趙健瑋站在一條溪邊，這是旅館前流過的清澈溪流。「旅館的服務生最後看見她站在這裡賞月，然後入房。」

後頭一陣兵荒馬亂，小雪以迅雷不及掩耳之姿衝出車外，葉助理看見前頭那台車裡的小雪逃難似的狂奔，以為又有什麼駭人的好兄弟，竟也跟著慌慌張張的衝下車子。

「打撈過了嗎？」賀濡焱往看起來澄清的水瞧，倒是沒什麼孤魂野鬼。

「水很淺，不需要打撈也知道沒屍體。」趙健瑋站到了門口，是扇掛著古色燈籠的大門，大門已深鎖。

惜風皺起眉頭，在昏迷之際，「祂」曾給她看過一些畫面，映在水面的夕陽——但不像是這一個。

這間旅館相當古意盎然，算是在世外桃源之處，附近就有樹林，晨間常有旅客前去做森林浴或是晨跑。當年也有人認為可能是到森林裡去散步迷途，但大規模搜索卻沒有任何發現。

惜風聽見身後氣喘吁吁，好奇的回身，見到小雪正緊張的過度換氣，一旁的葉助理跟著喘著。

「不是要待在車上嗎？」賀瀟焱涼涼的笑著。

「你該不會騙我的吧？」小雪不爽的咕噥。

「可能是喔！妳可以考慮回去啊！」

機車！討厭鬼！小雪緊咬著唇，就算是誆她的，她現在也不敢回車上了啦！

夜已深沉，旅店早已關上大門，櫃檯邊有微弱的燈光，值班人員狐疑的往外頭望著這票夜訪的旅客，趙健瑋透過窗子跟他們微笑，盡可能表現出友善。

「趙律師，你覺得真的只是失蹤嗎？」惜風冷不防的朝著趙健瑋發問。

「咦？」趙健瑋顯得有點意外。

「葉助理呢？妳不是說前妻跟老闆大吵大鬧，是為了什麼？妳應該也知道吧？」

惜風開始進行咄咄逼人的問話，「老闆跟江口雅子是否還在交往呢？我想要知道老闆的交友關係，為什麼會扯到我！」

這事情大家可以不急，但是她不要！她沒有做錯任何事，不該被怨恨，不該被詛咒！

雖然她的命運早就被詛咒了，但不需要他人多添一條！

「我——我不知道……」葉助理慌亂的搖首，「我什麼都不知道！我真的——」

「通常這樣說的人，都知道些什麼。」賀瀮焱打斷了她的亂語，「一句不知道，不能拔掉妳肚子裡的釘子！」

咦！葉助理按住肚子，她肚子裡的——丑時咒術。

「時間是一點整，你們再過四十五分，就要嘗受椎心刺骨的痛了。」賀瀮焱緩步繞著葉助理走著，施以龐大的壓力。「今天會釘哪裡呢？胃？心臟？還是腳？說不定是頭……」

「住口！住口！」葉助理雙手掩耳，她不想聽也不敢聽！

惜風仰首，望著趙健瑋，她看得出來他緊擰著眉，欲言又止。

「妳這樣看我，就像在審問。」他別開眼神，不敢直視惜風。

「我說不定活不過今晚，我有權力這樣審問你。」惜風定定的凝視著趙健瑋，「我能理解你跟老闆是朋友，所以你會為他隱瞞。但是我不能理解他做錯事時，為什麼身為朋友的你不開口勸阻。」

「我有啊，我怎麼沒有！我一直告訴他不該辜負任何一個女人，但他總是說我迂腐！」趙健瑋像是被冤枉般的出口，「再說真話，我們連朋友都做不成！」

噢，聽到了。

小雪哇了一聲，雙眼再度閃爍光芒，試探般望著趙健瑋。

「所以，老闆有很多女朋友嘍？」她眨著無辜的雙眼，問著趙健瑋。

「嗯。」趙健瑋勉強的點頭，「他跟雅子藕斷絲連，我是到上個月才知道。因為雅子到台灣來就是為了找他。」

上個月——惜風回想上個月的吳昱輝，的確很常不在公司，甚至沒有加班，原來是約會去了，所以老闆小孩轉述母親口中的賤女人，就是江口雅子？

「可是為什麼江口小姐要恨惜風？應該要恨林玉惠吧？」小雪深深為惜風抱屈，這根本八竿子打不著。

「是啊，惜風，妳真的沒跟昱輝交往嗎？」連趙健瑋也相當嚴肅的看著她。

惜風冷冷一笑，一如小雪問她時，她自嘲般的瞥向趙健瑋。「我不被允許跟任何人交往。」

噢，家教這麼嚴啊！趙健瑋默默點著頭，要不然惜風年輕貌美，又有清秀氣質，也是昱輝很喜歡的類型。

「不過江口雅子比林玉惠年紀大，也不漂亮耶，為什麼老闆會跟她在一起啊？」小雪百思不得其解，因為現任吳太太真的太辣了。「他們交往多久呢？」

「我想從珮恩還在時就有關係了。」趙健瑋望向了蹲在地上低泣的葉助理，「葉助理，妳都知道嗎？十年前，他們應該就是為江口大吵的。」

葉助理一怔，幽幽抬首，盈滿眼眶的淚水滴落，很痛苦的點了點頭。

十年前，沈珮恩發現老公跟所謂的日本窗口其實有染，關鍵在於兩瓶一樣的香水！他買了兩瓶，一瓶送給她，一瓶送給江口雅子，發票夾在記事本裡，原本她根本不會發現，是不小心掉落時意外看見的。

一樣的香水，可以讓他跟那女人纏綿過後也不被發現！

帶著孩子硬跟他到京都開會，就是為了避免老公跟外遇見面，順便要宣告自己的地位。沒想到吳昱輝以跟友人喝酒留宿為名，竟然真的不理在旅店裡的妻小！

她打給葉助理逼問吳昱輝的下落，葉助理不說，沈珮恩就到律師們下榻的旅店去鬧，吳昱輝被迫出面，將「丟臉的」妻子帶回這間古老旅館，兩個人大吵了一架。

葉助理就坐在房間外面，用錄音機記錄一切，以防未來要上法庭時能握有有利證據。

一架吵完，吳昱輝憤而開了另一間房間睡，而沈珮恩則在房裡抱著幼小的女兒哭泣。

那是沈珮恩最後一次出現。隔天一早，葉助理領令要請她先回台灣時，只看到空無一人的房間——被子都已折疊整齊，行李帶走，甚至留了一張：「我先走了」的紙條。

因為這個紙條拖延了尋人時間。等到五天後吳昱輝回台，原本以為妻子躲回娘家，也刻意不想搭理，但還是請葉助理打電話聯繫。一直到沈珮恩的姊姊打來說沒赴約時，吳昱輝才驚覺事情不對，再回到日本調查，發現沈珮恩母女根本沒有出境的紀錄。

時間差一共是八天，房間已經住過人，也經過清潔，所有物證都已經被交叉污染，微跡證也幾乎消失，便成懸案。

沈珮恩究竟是走了？還是失蹤？或是被殺？完全沒有頭緒。

「如果我多留一會兒，事情就不會這樣了。或許我早跟沈珮恩說老闆外遇的事，事情可能也不會鬧成這樣——」葉助理嗚咽說著，含糊不清。

「妳自責的是從頭到尾，都沒有告訴警方他們夫妻吵架的事吧？」趙健瑋忽然截斷了她的自責，「我參與過整個案子，妳跟昱輝從來沒提過和珮恩吵架的事。」

那天晚上的旅館只有昱輝他們住，這旅館古典雅致，是珮恩中意的類型，昱輝包下了整間旅館，所以根本沒有其他客人在，也就沒人知道他們爭吵的事。

葉助理倒抽一口氣，雙唇微顫，她的確——受老闆之託，隱瞞了實情！

「老闆怕因為那場架給了動機嗎？」惜風銳利的雙眼望著葉助理，「但這的確就是動機。」

「不——不可能！老闆那時睡在東側，要去沈珮恩的房間，勢必得經過櫃檯！」葉助理立刻為吳昱輝辯駁：「老闆不可能做出那種事的！還有孩子啊！」

「老闆怎麼這麼花啦！」小雪忍不住抱怨：「有了老婆又有情婦，然後老婆失蹤沒多久卻沒娶江口雅子，他娶的是林玉惠耶！」

哎喲喂呀！這也太亂了！

「最好笑的是，他跟溫柔體貼完全扯不上關係，那些女人瞎了眼嗎？」惜風中肯的說著，從對她們這幾個病號的態度開始，就完全爛到沒話說。

「昱輝對喜歡的女人是不一樣的！他會做很多體貼的事情、花大錢送禮物以製造浪漫、甜言蜜語……」所有的甜蜜珮恩都跟他說過，「幾乎不可能大小聲，反而是溫柔得讓女人融化。」

「送禮加甜言蜜語啊……」小雪喃喃說著，女人遇到這兩樣，的確很難抵擋。

「所以只對在意的女人溫柔就是了……」惜風扯了嘴角，那為什麼那群死掉的女人會認為她在跟吳昱輝交往？看他對她的態度就知道，完全不在意吧！「一旦不喜歡就視之如敝屣了，哼！」

「昱輝就是──他愛一個女人時可以為她停留、付出一切，但是沒有定力，總是很快就會再換。」趙健瑋對朋友的這個習性也莫可奈何，「就連珮恩當年都是第三者，從別的女人手裡把昱輝搶過來的。」

那男人──賀瀮焱仔細回想，到底是哪個條件優到讓一堆女人搶奪他啊？長得既不帥，身材也不好，比起來趙健瑋還有條件多了！

不過看現實狀況而言，恐怕正如趙健瑋所言，當他面對喜歡的女人時，會有不同的態度；講白一點，有時候除了溫柔與浪漫並重外，如果床上功夫了得，那更容易讓女人死心塌地。

所以這些女人個個甘願當第三者，從別的女人手中把吳昱輝搶過來，結果最後卻還是被下一個第三者奪走了。

「咦？」惜風忽然瞇起眼，注意到葉助理身後的停車場裡，有台熟悉的車子。「不會吧？」

「怎麼了？」小雪問著，葉助理已經因為惜風的眼神嚇得趕緊站起身，逃到趙健瑋身邊去。

「那個——」惜風指向葉助理身後的那台車，在黑夜之中瞧不清楚車子顏色，但是那車牌卻不可能忘記。

那是他們在日本租的車，也是上午林玉惠所開的車子！

「是玉惠的車子！」連葉助理也發現了！車子是她安排的！

「林玉惠到底是誰？」賀濔焱剛剛聽過幾次這名字，但搞不清楚是誰。

「老闆現任妻子，現任吳太太！」小雪趕緊上前查探，車內空無一人。「吳太太住在這裡嗎？」

「不！不是，我不可能把她安排在沈珮恩失蹤的旅館，昱輝也不會允許。」葉助理絞著雙手，「她到這裡來做什麼？」

「呀——」

淒厲的慘叫聲忽然從遠處傳來，所有人倏地回身，看見一大片烏鴉猛然從遠方的樹林裡竄出，像逃難似的，振翅聲在黑夜中聽起來駭人。

「那是——什麼？」葉助理抖著音問，是人嗎？還是動物？或是烏鴉？

「是鬼的哀鳴。」賀瀟焱瞇起雙眼，別的他判斷不來，這種事他精準得很。「那樹林裡有鬼！」

「在裡面？」小雪雙手都摀起嘴了。

「你進去過嗎？」賀瀟焱已經拿出手電筒了，抽空問著趙健瑋。

「進去過，但那是個很普通的杉樹林啊！」趙健瑋也跟著慌亂緊張起來，「很多人出入，從來沒有聽過什麼命案或是不吉利！」

「杉樹？」賀瀟焱皺起眉頭，「那是杉樹林？」

趙健瑋被問得很莫名其妙，「是啊！」

「傳說中，丑時之女是把草人釘在杉樹上！」賀瀟焱深吸了一口氣，他閉上雙眼，附近有擾流，他知道有東西在附近。

過來吧！過來！只要你能指引我方向，就放膽的過來吧！

一隻手輕輕握住他自然垂下的右手，拉了拉、扯了扯，然後將之抬起，使勁的往前拉去。

電光石火間，賀濎焱整個人被往前拖去，是趙健瑋及時將他擋住的！「怎麼了！」賀濎焱跳開眼皮，往正前方看去，模糊的身影正往前奔去，奔過草地，直直衝向杉樹林。

「就在前面，邪氣重重，連烏鴉都待不住。」賀濎焱踅回車上，「手電筒都帶上，我們要立刻進去，最好在丑時三刻前把事情解決掉。」

「進去？」葉助理腿都軟了，「我不要進去！我不要——」

賀濎焱根本沒理她，他逕自遠走，趙健瑋要小雪留下來顧著行動不便的惜風跟葉助理，也奔回車上去拿東西。

拿起後座的大包，賀濎焱望了車內幾眼，剛剛跟過來的傢伙，就是指引方向的吧？

「你可以不必進去。」甩上車門時，賀濎焱突然朝著趙健瑋開口：「小雪也是，這件事與你們無關。」

趙健瑋訝異的張大嘴，掙扎般的看著賀濎焱，再往右看向不遠處的三個女人。

「我跟珮恩是好友，如果她出事了，我希望我能知道。」他緊張的嚥了口口水，「再說，你一個人沒辦法同時顧全葉助理跟惜風吧？」

「我沒有打算顧全誰，這你倒不必擔心。」賀濔焱冷冷一笑，腰間插了一個迴旋鏢。

他輕鬆的往惜風的方向走去，趙健瑋不禁憂心如焚——他沒打算顧全誰？那他還能不去嗎？

到了小雪身邊，他也叫小雪留下，她倒抽一口氣，要把她一個人留在這裡？她才不要咧！

「不關妳的事，進去我就不敢保證妳會不會出事了。」賀濔焱說得很輕鬆，一人發了一個稻荷神社的護身符。「這是我託人求的，有狐仙庇護——吧？」

「你最後一個字可以省略。」小雪不快極了。「我要去，我不要一個人待在這裡。」

「小雪，妳留下吧，那些東西應該不會對妳怎樣。」惜風也加入勸說行列。

「誰保證？我寧可跟你們在一起。」小雪倒是很堅持。

「隨便妳。」對賀濔焱來說，丑時之女才是優先，范惜風才是第一位。

他們即刻往杉樹林出發，葉助理卻遲遲不願邁開腳步，她搖著頭跟趙健瑋說她想留下來，請大家不要逼她！

「別為她耽誤時間。」賀濡焱不耐煩的走回來，「妳可以待在這裡，但不要期望任何人會為妳解開詛咒。」

「咦！」葉助理顯得非常錯愕，「為什麼？你們不是就是要去——」

「坐享其成嗎？哼！」賀濡焱投以極度不屑的眼神，「憑什麼別人得對妳伸出援手？因為弱者就必須被同情嗎？」

「不，我只是……你們是舉手之勞吧？你們原本就是要去把什麼妖怪除掉的，不就可以順便除去我身上的詛咒？」葉助理慌了，她應該只是順水人情吧？

「我從沒說我要去除妖，妳以為我是義工嗎？」賀濡焱招呼著趙健瑋，「走了，麻煩你扶著惜風，這樣走路比較快。」

趙健瑋面有難色的跟葉助理抱歉，他立刻上前攙扶跛腳的惜風，葉助理在後面喊著惜風的名字，她卻頭也不回。

莫名其妙被扯進這件事的她，受傷還是要去親自面對困難，葉助理憑什麼想待在安全區域等人相助？

只要弱者就能被同情的話，那大家就全坐在停車場裡，讓賀濡焱一個人進去跟厲鬼廝殺不就好了？

連小雪跟趙健瑋這兩個不相關的人都願意試了，她這個被詛咒的人就等著坐享其成嗎？更別說，她心裡覺得葉助理的詛咒是有內幕的。

很多事情她覺得葉助理避重就輕，說不上為什麼，不過葉助理身上有著難解的怨。雖然，她什麼都沒做，倒是被恨得挺紮實的。

可是，葉助理沒有將十年前的事情據實以告，說不定就扭曲了可能進展的案情。

小雪頻頻回首，好不容易看到葉助理邁開痛苦的腳步追上來時，露出了燦爛的笑顏。「呵，她追上來了！」

「當然要追，因為沒有人會幫她。」惜風扁了嘴，「有些人總是期待別人出手，但逼到極致還是會自己動手。不是不能，而是不要。」

「我想她是恐懼吧……恐懼自己當年曾犯下的錯。」趙健瑋喃喃說著，某方面而言，他其實很同情葉助理。

「我想當律師，但是我想幫助的不是這樣的弱者。」惜風彷彿有感而發，「而是想幫助已經嘗試過，卻無能為力的弱者。」

小雪漾起深有同感的笑容，緊緊勾住了惜風的手。

她回眸，第一次在小雪的眼底瞧見了一樣的火燄。

「小心——」最前頭的賀濎焱忽然大喝一聲：「蹲下！護身符！」

他大喝一聲，旋即拿著大瓶礦泉水朝空中甩去，水柱在空中劃出一條拋物線，後頭蹲下的惜風，親眼看見有黑影被那道水牆擋住，但是有其他的黑影飛掠水牆的上方——朝他們躍來了。

葉助理手忙腳亂的想把護身符拿起來，怎知太過慌張的後果，護身符卻落上了地，掉進長及小腿肚的長草間。

小雪把護身符舉得高高，緊閉著雙眼根本不敢看，趙健瑋沒忘記行動不便的惜風，一隻手硬勾著她，另一隻手早將護身符的繩子勾在指節中，讓護身符貼著掌心，朝前比劃。

惜風緊握著護身符繩子的一端，將護身符當溜溜球似的，從下方往上方拋去，這是「祂」曾提過的，護身最有效的方式，就是將自己的意念灌注到護身符裡，以劃圓的方式為自己畫出碉堡。

她記得那時電視正在報導某個死在家裡的通緝犯，他身上掛了一堆護身符，「祂」嗤之以鼻的笑著說：「掛一堆也不敵怨魂。」

不知道是否真的奏效，原本要躍到他們面前的黑影像是被惜風劃過的軌跡驚擾似的，再度往上彈跳，這一次跳到了他們的後方——但也是葉助理的正前方。

「咦？」還在彎身尋找護身符的葉助理恐懼的往上瞄，眼簾裡看見的是獸足。

兩隻龐然大物，像是狗又像是巨獸的生物，在喉間發出呼嚕嚕的聲響，身上的毛全部直矗向上沖天，斜吊的雙眼發著銀色的光芒，巨嘴裡都是尖銳的牙齒，獸足上的尖角彎曲，扣著泥土。

「護身符！」小雪緊張的大喊：「葉助理！護身符呢？」

「不——不關我的事！真的——」她根本慌了，拚命的搖著頭，死命的後退。

「不——」

兩具龐然大物忽地向前一跳，咬住了葉助理的雙腳，緊接著直直往小雪他們的方向衝過來。

惜風再一次如法炮製的拋著護身符，這一次賀瀰焱將水全灑了過來，那兩隻巨獸就這麼各自叼著葉助理的一隻腳，飛過他們的頭頂，降落在最前方。

回首一瞥，帶著些許輕蔑，猛然一蹬腳，就直直衝向了杉樹林。

草地上拖著仰躺著的葉助理，她發出驚恐的尖叫聲，雙手高置於頭頂，拚命的想抓住脆弱的小草。

「哇啊啊——救命！救命啊！」

剎——嚓，兩隻巨獸外加一個人穿過草叢與樹葉，空中飄起許多樹葉，賀濛燚手裡握著僅剩半瓶的礦泉水瓶，幸好以水當結界的能力還是有作用。

火的話嘛，還不到施展的地步。

「那是——什麼？」小雪兩眼呆滯，「葉助理怎麼了？她被帶去哪裡了？」

「她是引路的。」賀濛燚踅回他們跟前，一把拉起小雪。「我看不必找，仇家自己找上門了。」

「我沒仇家。」惜風在趙健瑋的攙扶下起身，捲起護身符。

賀濛燚望著她纏繞在手裡的線，微微一笑。「誰教妳那種使用法的？」

惜風一睨，不語。

「很聰明，你們兩個學著點。」他一撇頭，「走吧，相信葉助理會一路上留給我們蹤跡的。」

一個人被拖在地上，拖行的蹤跡保證顯眼。

「是嗎？」趙健瑋難受的皺起眉，他其實在心底希望，沈珮恩是失蹤，而不是什麼已死亡的厲鬼。

惜風做了一個深呼吸，緊握住手裡的護身符。

「進去，就知道了。」

第九章・丑時之女

踏進杉樹林裡，天色變得更加黑暗深沉，幾乎是伸手不見五指，濃密的樹葉層層相疊，連月光星光都照不進。

按照賀霦焱的指示，大家手電筒只照路，不照樹，也不照其他地方，避免照到其他不想被招惹的孤魂野鬼。

時值冬天，原本已經很冷的大地更加冰冷，惜風覺得連血液都凍結，這股陰冷不屬於大氣掌管，而是陰氣。

她知道這種涼意，冰冷刺骨，是一種灌進血液的陰寒。

剛剛在車上特地補足了眼線，她不希望在這個時候，看到任何一個人的死相。

這是一種逃避，她承認，因為身邊都算是熟人，看得見熟人的死相卻無法救助的感覺，是痛苦難熬的。

他們三個人緊緊挨著，盡可能不去理睬身後的碎音，有東西在林間穿梭，不停的發出窸窣聲，也有一些細微的足音，甚至有拖行的聲音尾隨著他們。

不許回頭也是賀濡焱的指示，回頭要是看到什麼，包準這些人嚇得亂奔，只會把情況弄糟而已。而且對方既然已經拖走葉助理，就表示他們必須前往該去的地方。

『前頭怨氣很重。』有聲音在他耳邊響起，『這裡是異國土地，你要小心。』

「我還能使火嗎？」他低語著，讓後頭的人感覺他在自言自語。

『不確定，必須經過這土地的神明同意，也不確定這裡的地獄願不願意出借。』那聲音很輕柔，『不要戀戰，這不是屬於你的戰爭。』

「別連妳都要指揮我，乾媽。」賀濡焱不悅的向右上斜瞪一眼，「進來吧，我沒呼喚，妳千萬不要出來。」

每個人都禁止他出國，每個人都說他的靈力深受台灣那片土地的澤被，一旦離開不只招致危險，還無用武之地。

又沒人真正在國外施展過，憑什麼如此武斷？

他想做的不只是在國內除盡妖鬼，國外能解決的為什麼不一併處理？要是可以進行國際交流，說不定彼此的靈力與術法都能更上一層樓！

這個不許，那個不准，這個要以萬應宮為主，那個要他以人類生計為己任……有沒有搞錯？他上一次以人類興亡為己任時，失去了什麼？

而誰補償他了？他救下的人類繼續在自私、貪婪、爭鬥與屠殺中生存，捧著錢來請他除妖斬鬼，每一個都是自己招惹來的！

他竟然為了這些人犧牲了最重要的東西！

鏘——鏘——鏘——鏘——深沉遙遠的回音，突然在林間迴盪，後頭三個人莫不倒抽了一口氣，彼此偎得更緊了。

『嘻嘻……嘿嘿……哈哈哈！』尖叫聲跟著節奏響起：『死！死！死吧！』

真是一點都不令人意外，那是中文。

「那個……是釘釘子的聲音嗎？」趙健瑋仔細聆聽，在鏗鏘聲後，有著咚咚的聲音，很符合入釘於樹的聲響。

「把手電筒關掉吧。」前方的賀濚焱說著：「看著我的背影。」

再不甘願，大家還是一一把手電筒關掉，他們只能看見賀濚焱的背影跟他手上的光源，聽著身後那未止的沙沙足音，默默的往前走。

沒幾步，賀濚焱發現拖行的痕跡沒了，左方出現了搖曳的燈火。

隱約的燭火在晃動，有節奏般的隨著鏗鏘聲擺動著。

手電筒照向左邊的林子，果然勾有衣服碎塊，鄰近的雙樹之間，還殘有新鮮的血跡，看來葉助理是被硬生生拖過兩樹之間，撞出了一些傷口吧。

「這裡，小心足下。」賀濡焱拿手電筒指向左方，忽而一怔。

他不動聲色的往惜風的身後瞧去，忽然綻開笑顏。「還是妳要為大家照明呢？江口雅子？」

咦？咦？小雪得咬著自己的手才不會尖叫出聲，趙健瑋下意識想回頭卻被惜風抵住後腦勺，就在此時，一團團紅色的鬼火竟然在杉樹林間亮起，的確照亮了路——但卻一片通紅。

賀濡焱一步踏進濃密的樹林裡，看著搖晃的燭光就能知道方向，越走越近，那釘釘子的聲音也就越清晰可辨，越令人感受到那股忿恨的力道。

『跟我搶男人！去死！去死！』丑時之女拚命的釘著樹上的草人，『他是我的，誰也不准搶！』

拜託，都已經死了，還在執著什麼？到死都不覺悟，這種人真是不少。

那丑時之女感受到有人接近，她斜眼一瞪，兇惡的望著走來的人們。這位丑時之女擁有很正常的五官，眼珠子會轉也會說話，看來應該是第一位下詛咒的人了！

「珮恩！」趙健瑋睜圓雙眼看著眼前這鬼氣森森的女鬼，激動的衝口而出。「珮恩！妳——妳真的已經……」

那是沈珮恩啊！他不可能會看錯的，即使她現在臉色死白，猙獰兇惡，甚至雙目帶著猩紅色，穿戴著奇怪的服飾，他依然一眼就認出她來了！

二十幾年的好友，化成灰都認得！

不！她已經身故了！

『趙健瑋？』沈珮恩有些疑惑，『為什麼你會在這裡？』

「珮恩，這到底怎麼回事？」趙健瑋激動的上前，「妳已經死了嗎？好端端的怎麼會身亡呢？屍體在哪裡，妳告訴我，我一定讓妳安息。」

『哼！』沈珮恩邪惡的勾起笑容，『不需要了……』

不需要？這倒新鮮，飄蕩在外的孤魂野鬼，竟然不希望被超渡啊！

『殺了她們，我就可以安息了。』沈珮恩邊笑著，左手拿著釘子，狠狠的釘入杉樹上的草人頸子，使勁奮力的拿鐵鎚敲下。

「哇啊啊——」就在看不見的不遠處，葉助理的慘叫聲登時傳來！

賀濂焱立即拿手電筒往左前方十點鐘方向照去，赫見葉助理整個人被釘在大杉樹上，發出悲痛的哀鳴。

「葉助理！」小雪驚慌的大喊著，旋即緊勾住身邊的惜風！

『妳也是——休想仗著年輕貌美就能搶走昱輝！』沈珮恩咬牙切齒的說著，拿起另一根五寸釘，移到了另一棵樹。

那棵樹上有另一個草人，上頭貼著惜風的照片！

「住手！珮恩！」趙健瑋緊張的大吼著，眼看著沈珮恩已經把釘子插進了草人的手裡。

同時間，惜風右手臂傳來劇痛，她哀鳴著按住右臂，整個人痛得癱軟下去！

『對，該死，都該死。』他們身後的江口雅子也應和著，小雪忍無可忍的回首望去，江口雅子竟然也同時在釘草人，不過她只剩下左手了。

她跳了起來，草人上又是惜風的照片，當她把釘子釘進惜風的胸膛時，惜風爆出痛苦的吼叫聲！

「為什麼是惜風？為什麼都是惜風？」小雪忍不住咆哮起來，「她並沒有跟老闆交往，葉助理也沒害妳們，而且——而且妳們要詛咒的是殺死妳們的人吧？」

害死？沈珮恩的手明顯停住，她幽幽的望著釘著的草人，殘虐的揚起笑容。

『昱輝是我一個人的，他是孩子的父親，不要臉的第三者怎麼可以搶走他呢？』沈珮恩冷冷的瞪著卡在樹上的葉助理，『葉美妤！妳明知道昱輝早有外遇卻選擇隱瞞包庇，同為女人怎麼能這麼沒同理心？』

「她沒有說的義務，她只是助理。」惜風疼到難捱，還是氣憤的出聲。「不要把妳婚姻的失敗都歸咎給別人！」

電光石火間，沈珮恩怒急攻心的緊握鐵鎚，疾速的朝惜風衝去，只可惜賀濔焱一抵達就已經在地上築出一道水漬，在水乾涸前，穩固的結界還是能暫時阻擋丑時之女的衝擊。

果不其然，沈珮恩猛力一衝卻撞得鼻青臉腫，她齜牙咧嘴的對著水結界咆哮著，拿著鐵鎚往結界上猛敲猛撞。

「珮恩！妳清醒一點，這不關她們的事啊！」趙健瑋還在那兒苦口婆心的勸說著，眼眶早已濕潤。「快告訴我，是誰殺了妳？小柔呢？孩子到哪裡去了？」

賀濔焱一點都不擔心趙健瑋，他看得出來，趙健瑋跟沈珮恩之間，並不是只有「朋友妻」這麼簡單。

別說發狂的丑時之女見到趙健瑋一點殺氣都沒有，光是趙健瑋明明沒事卻堅持進杉樹林冒險這點看來，就知道這裡有比厲鬼更讓他非進不可的理由。

因為沈珮恩。

「妳別激怒她們。」賀濡焱無奈的回頭看著惜風。

「我說的是實話，他們夫妻的事情，怪罪到葉助理身上做什麼？」惜風疼得唇色發白，但她這次發誓，絕對不倒下去。「啊！」

『一下，兩下，三下……』後頭另一個丑時之女正痴迷般的把釘子全往草人上釘去。『妳該死，昱輝是我的，沒有妳的話，他會娶我的……』

「才不會咧！老闆根本沒打算娶妳！他都還沒離婚耶！」小雪實在看不下去了，「江口小姐，是誰殺了妳？妳要釘死那個殺妳的人吧？」

誰——誰殺了她？江口雅子茫然的停手，她那時正在會議堂前後招呼，正準備確定等會兒休息時間要用的餐點，然後——

「對第三者的恨凌駕於死亡的痛，她死前恨著妨礙她戀情的女人，所以忘記了兇手的真面目。」賀濡焱懶懶的解釋著：「這種現象，在為情所苦的女人冤魂上很常看見。」

「啊？這是什麼邏輯？」小雪眉頭都連成一線天了，「忘記殘殺自己的人，只記得情敵？」

「女人的心思是海底針，聽過嗎？」賀瀰焱也看過很多了，就是因為這麼經典，才總是有一堆傢伙得來萬應宮拜託他們找真兇。

連殺自己的人都不在乎了，這位江口雅子的確深愛著吳昱輝啊。

「現在……怎麼辦？」

「妳同時有兩個草人，麻煩頂住，別斷氣。」賀瀰焱看向哀鳴的葉助理，「我先去把那位葉助理救下來，小雪，惜風就交給妳了。」

「好！」小雪把剛剛給的神社護符也仿照惜風的做法，拋來拋去的。

雖然江口雅子專注於丑時咒術，根本沒在理現實的人。

賀瀰焱小心翼翼的從旁繞過去，葉助理可憐兮兮的雙眼望著他，她被釘在樹上無法動彈，但是——身上沒有一根釘子。

實際上的釘子一根都沒有，但無形的釘子倒是挺多的，密密麻麻的數量——賀瀰焱立刻看向杉樹上貼有葉助理照片的草人，數量不一！

『別想阻止我！』沈珮恩冷不防的從一棵杉樹後竄出，差一點就觸及了賀瀰焱。

『不相關的人就滾！我只是想要我的幸福而已！』

「妳已經死了，沒有談論幸福的資格。」賀瀰焱輕笑著，手裡僅存的礦泉水正在瓶中搖晃。

『幫我老公隱瞞外遇的女人，她最該碎屍萬段！』沈珮恩鐵鎚一揮，搥上草人的胸口，葉助理跟著吐出一大口鮮血。

詛咒生效了，不需要任何釘子也能讓葉助理釘在樹上，草人已經跟本人連為一體！

「冷靜一下吧！」賀瀶焱將瓶中水冷不防的全數往沈珮恩身上灑去，她錯愕驚慌，望著自己濕漉漉的靈魂，不明所以。

因為，他們不該會被水浸濕啊！

賀瀶焱打了現學現賣的結印，手裡勾著日式長鍊珠，當自身的靈力運用日本的陰陽術時，才能被這片土地接受吧！

『嘎——』沈珮恩全身的水頓時成了細針，刺進她的靈體裡，她扭曲著身子尖聲嘶吼，頭上的蠟燭俱滅，胸前的銅鏡應聲而碎，連咬緊的木梳也都落了地。

「退後！」賀瀶焱喝令趙健瑋別太靠近沈珮恩，厲鬼發狂時刻誰也不知。

沈珮恩狂亂的慘叫，在密林中逃竄撞擊，賀瀶焱一步上前扯掉兩具草人，再將草人扔給趙健瑋，請他把鐵釘拔除。

「這樣子她們就會沒事了嗎？」

「不，詛咒不止一個。」賀濡焱環顧四周，「詛咒葉助理的至少有兩人以上，她身上的鐵釘數量跟草人上的不符。惜風已經確定有兩位了，但她身上的咒怨不僅止於此。」

漆黑的周遭剩下葉助理奄奄一息的喘氣聲以及惜風的低泣，兩名丑時之女消失在黑夜當中，當趙健瑋將釘子全數拔除時，葉助理依然被釘在樹上，證實了賀濡焱的說法。

賀濡焱一個人在黑暗裡伸出雙掌，試著讓掌心竄出火苗，但數次未果，只怕是不被允許了。

「這裡有誰在？出來吧！」賀濡焱忽然開口：「我保證你的安危。」

小雪拿著手電筒的手顫抖著，緊緊抱著快昏厥的惜風，她總是不停的搖晃惜風，避免她真的睡去。

藍色的螢光忽然在惜風眼前飄過，趴在地上的她緩緩抬首，發現在闇黑的森林裡，有如同螢火蟲般的藍色光點，正一點一點的朝著賀濡焱飄去，甚至落在他的面前，聚成一個小小的形體。

趙健瑋不可思議的望著藍色螢光的匯集，竟不支跪地。「小柔？」

藍色的螢光中出現了孩童的人形，她看起來飽受驚嚇，一雙無辜的眼裡盈滿了淚水。

『趙叔叔。』女孩約莫七、八歲，鬼音也童稚。

「小柔──天！真的是……」趙健瑋簡直說不出話來，失蹤十年的母女倆，還維持十年前的樣子──她們母女真的已經遇害了！

「跟著我的人就是妳嗎？」賀濡焱蹲下身來，這個靈體很乾淨，沒有什麼怨念，最多的是恐懼。

小柔點了點頭，一臉害怕。『媽媽看不到我了，每天都在釘草人，一直釘……一直釘……』

「她是不願意看見。」賀濡焱難得溫柔說著：「妳跟媽媽是一起被殺的嗎？」

「賀先生！」趙健瑋氣急敗壞的制止，「你怎麼這樣跟小孩子說話的！」

賀濡焱錯愕的望著趙健瑋，再指指女孩。「趙先生，她是鬼耶！」

「但你也不能這樣說話啊！」趙健瑋莫名其妙的怒火中燒，「小柔，別害怕，妳記得些什麼事？」

他們有這麼多時間跟這孩子瞎耗嗎？賀濡焱扯扯嘴角，離丑時只剩幾分鐘了，還有一個以上的丑時之女在逃。

小柔抬起頭，靈體的頸子上有清晰可見的勒痕。「媽媽也有喔！」

她們是被掐死的。

「被誰呢？妳應該記得吧？」沈珮恩可以盲目的忘記，但這孩子不太可能。

只見藍色的螢光飛舞，她哀怨的望著賀瀮焱，再看向趙健瑋，然後竟轉過身子，望著身後氣喘如牛的惜風跟一旁的小雪。

這舉動讓賀瀮焱起了極大的戒心，這個靈體在進行尋找的動作——表示兇手就在現場！

接著又轉了一個圈，小小的手舉了起來。

順著她手指的方向，趙健瑋吃力的站起身，腦袋一片空白的望著卡在樹上，那動彈不得，看似柔弱可憐的葉美好。

『葉阿姨走進來，用枕頭把媽媽蓋住，然後媽媽把她推開，阿姨就用繩子從後面套——』小小的孩子正在模仿，『就把媽媽勒死了。』

然後她在這當中驚醒，嚇得說不出話，當葉美好發現她甦醒時，抓起桌上的茶杯就往她頭上揮去。

小柔的額角開始滑下鮮血，她嘟起嘴頭。『頭痛痛的，我就又躺下去，然後看見葉阿姨在我上面，我的脖子被勒住，好痛好痛，然後我就飛起來了。』

「美好？」趙健瑋完全無法置信，這個跟著昱輝十幾年的助手，竟然是下手殺害沈珮恩母女的人！

「不！別聽她亂說，她只是個孩子，只——」葉美好伸長了手求助，她想離開這棵樹！「帶我離開！拜託……」

趙健瑋忽然一個箭步上前，直直衝向葉美好，她正求助般的望著他，但是趙健瑋身上卻登時散發出一股殺氣！

「趙律師！」感受到殺氣湧現之際，趙健瑋舉高雙手往葉美好的頸間掐去！她竟然殺死了珮恩跟小柔！殺死了明明對她毫無威脅的人！殺死了這麼小的孩子！

「趙律師——」衝上前去，使勁拉開了他！趙健瑋雙眼佈滿血絲，淚水拚命湧出眼眶，再也忍受不住的低聲喊出沈珮恩的名字！

「珮恩——」他一直一直愛著的女人啊！

啊！啊！小雪訝異得闔不上嘴。哇！趙律師跟老闆的前妻——有什麼關係嗎？

葉美妤不停的咳著，咳嗽只是讓她更加痛苦而已，而一旁白色的身影忽然出現，渾身是裂口的沈珮恩呆站而矗。

她聽見了，聽見小柔的聲音！

當丑時之女一心一意只為了詛咒時，她就聽不到任何的呼喊，也失去了自主意識，她只知道要詛咒搶走昱輝的人，只知道沒日沒夜的釘著草人。

她持續這件事長達十年，直到受詛咒的人再度踏上日本這塊土地。

而今，她代表怨恨的蠟燭斷了，銅鏡已破，連草人都被取走，加上那水針的攻擊，她才有一瞬間的清醒——感受到她曾經擁有的女兒，曾經與她一起死於非命的孩子。

『妳殺了我……』沈珮恩凝視著葉美妤驚恐扭曲的臉，是啊，她記得，她記起來了！

夜半一陣窒息感，求生意志讓她推開了兇手，她原本以為是天殺的吳昱輝，結果竟然是那瘦弱又其貌不揚的助理。

她勒死了她，勒死了孩子，然後將她的屍體與行李運走，櫃檯的守夜人員早就喝了她請的茶酒，裡面放了吳昱輝睡前總要吃的安眠藥。

十年前並沒有發達的監視系統，更別說這古老的旅館，根本不可能有這些。

「為什麼？為什麼？」趙健瑋情緒失控的吼著。

「因為——」惜風在釘子拔除部分後，舒坦了些。「她也愛著老闆吧？」

又一個？賀濔焱真的覺得太離譜了，那男人可以花，但為什麼這麼多堪稱優秀的女人搶奪他？

「她想毀掉昱輝的事業，想要把他外遇的事公諸於世，那時事務所正準備讓昱輝成為合夥人，不容許絲毫的差錯！」葉美妤忿忿的瞪視身邊呆站的怨魂，「我不能容許妳輕易的破壞他的努力，不能！」

所以她決定讓她們消失在世界上，而痛失愛妻與孩子的吳昱輝反而得到更多的同情，獲得合夥人的資格。

沈珮恩緩緩舉起手中未鬆手的鎚子，紅色血淚緩緩淌下，她發狂似的尖吼著，使勁的一鎚搥上了葉美妤的肩膀。

「哇呀——」葉美妤瞪大了眼睛，一口氣差點上不來，那鎚子切實的敲碎了她的肩骨！

恨意與怨念已經強大到不需要草人了。葉美妤現在正被丑時之咒束縛，完全陷在詛咒當中，對她懷有真正恨意的厲鬼，不費吹灰之力就能親手摧殘她。

沈珮恩一鎚又一鎚的敲爛葉美妤的肩膀，再敲著她的手骨，葉美妤瞬間痛暈，卻也因再度被敲擊而痛醒。

小雪緊皺起眉，對於葉助理殺人的事雖然不能苟同，但是這慘叫聲未免太過淒厲了。

「賀帥哥，能不能——」

「不能。」賀濔焱早就拽著趙健瑋走了回來，「她應該要自己處理自己造的孽，別忘了惜風的事還沒落幕，三刻要到了。」

咦？惜風好不容易才站直身子，瞬間感受到又一根長釘刺穿了她的肺部！

「呀啊——」她身子向後仰去，旋即痛苦的摔落地。

「惜風！」小雪雙手抱住她的腰，丑時三刻到了！

兩種不同淒厲的慘叫聲此起彼落，小雪不必感受，也能知道葉美妤多痛，惜風也多疼！

「快去——」惜風咬牙切齒的喊著：「把詛咒解除掉！」

賀濔焱握緊拳頭，回身往密林深處跑去。

「喂！」小雪擔憂的大喊著，就剩他們了耶！

「你們都去幫他，去……」惜風指著前方，顫抖得連話都說不清楚了。

「怎麼可以！不能留妳在這裡！」江口雅子還不知道在哪裡呢！

「去！」惜風猛然坐了起來，「我死不了的！快去！」

小雪望著她堅毅果敢的眼神，用力一咬牙，瞬間跳起身來，直直朝趙健瑋跑去，一把拉過了他。

「走了啦！趙律師！」

「可是……」他眼睜睜看著沈珮恩敲爛了葉美好的下巴、鼻子，現在正敲碎她的頭蓋。

從剛剛開始，葉美好就已經沒了聲音。

他認識葉美好十幾年了，但今天他發現他根本不認識這個女人！閉上眼別過頭，跟著小雪往前追去。

他們在黑暗裡跑，賀濡燚的背影依稀還在前方，但小雪也沒有忽略到左右兩方各有巨大的東西，正跟著他們同步跑著。

嗚……小雪拉著趙健瑋的手，哭喪著臉的望著他，他有沒有看見兩邊都有東西在跟著他們狂奔啊？眼睛還散發出銀色的光芒啊！

趙健瑋當然也看見了，但是他不敢停下腳步，只能往前衝。

轉眼間，小雪的手電筒找不到賀瀟焱的背影了，她嚇得努力探照，卻什麼也看不見！

「趙律師，賀帥哥不見了！」

「嗄？」

鏘鏘鏘……隱隱約約的，他們又聽見了熟悉的聲響。

釘草人入樹的聲音，鏗鏘有力。

趙健瑋確定了方位，就在他們一點鐘方向，心一橫，緊握著小雪的手，決定不顧一切的往前衝去，或許可以閃避過那龐然大物！

走！他扯過小雪，她也感受到方向的改變，他們兩個閃過杉樹，衝往聲音的方向，但是小雪的眼尾餘光卻看見那龐然大物張大了獸嘴，朝著他們咬來了！

「呀——」

※　※　※

二十公尺外，惜風撐著杉樹站起身，藍色螢光蹲在樹下哭泣著，而眼前的杉樹上有個不成人形的女人，她的頭已經全數被敲爛，右手不存在了，但是穿著白衣的女鬼依然繼續敲著她剩下的殘骸，如同成為丑時之女當時一樣的專注。

感受到惜風的接近，沈珮恩猙獰的瞪著她，高舉著鐵鎚。

「我勸妳別白費功夫，況且我跟吳昱輝沒有任何關係。」她冷靜的說著，這厲鬼難道沒發現，森林裡的陰氣變得深沉？

『他沉迷年輕貌美的助理——就是妳。』沈珮恩眼神狂亂，『妳跟我們有一樣的氣味啊。』

「什麼氣味？爭奪男人的喜好嗎？很遺憾，我們連喜歡人的標準都不同。」惜風吃力的往前走去，「我還有事要做。」

剛剛的慘叫聲，是小雪。

她現在痛不欲生，如果可以的話，她寧可選擇一死了之。

但是她做不到。

她只能忍受著這種椎心刺骨的痛，繼續往前走，面對自己莫名其妙的詛咒。

沈珮恩讓惜風掠過，她依然被遮蔽雙目般的回身看著葉美好，舉起鐵鎚，拚命奮力的要把她打成肉泥。

『媽咪……』藍色螢光的女孩哭著，媽媽又聽不見她的聲音了。

點點螢光逐漸散去，飄向了不知名的遠方。

第十章・不死

某個女人拚命的將釘子釘到深處，如果可以的話，她多希望可以在釘子上餵毒，直接活生生的釘進那賤女人體內！

「下一根！」詛咒的人也很累，她喘著氣朝下方伸出手，有個頸子上掛著盒子的小女孩，立刻從裡頭遞上一根新的五寸釘。

女人擦了擦使勁的汗水，深怕頭頂著的那三根蠟燭熄了，要不是裝扮得齊全才能真正的詛咒那些賤女人，她也不想打扮成這鬼模鬼樣。

賀瀰焱一開始還以為自己眼花，因為在這密林中的另一位丑時之女，並不是江口雅子，更不是鬼，而是一個活生生的人類。

「去死！以為自己年輕嗎？妳也會老的！」女人狠狠的釘著，「我當年也是正妹一個，現在也還有人以為我還沒三十咧，有什麼了不起！」

她拚命的釘著，耳上的耳墜跟著在頭頂的燭火下搖曳，閃爍著粉色的光芒。

「我說——」賀瀰焱冷不防的出聲，「現在這是怎麼回事？」

「咦？」林玉惠尖叫出聲，驚恐的往左手邊看，瞧見了突然出現的人。不！丑時之術在進行詛咒是嚴禁他人看見的！為什麼這時候會有人？

她一個箭步上前，擋住自己釘草人的樹，慌亂的看著賀瀟焱！

「你是誰？在這裡做什麼？」她雙手呈大字形，大聲吼著。

「這是我要問妳的吧？妳又是誰？好端端的扮成丑時之女在這裡施咒？」賀瀟焱沒有上前一步，隔著幾棵樹與之對望，因為他知道這女人施的咒術是千真萬確的。

「什麼……」林玉惠原本想辯解，卻發現自己一身的裝扮，百口莫辯。「關你屁事？我喜歡 Cosplay 不行嗎？」

身後傳來急速的跑步聲，賀瀟焱立刻打橫手臂抵住旁邊的杉樹，制止來人直接衝上前去。

「咦？」小雪及時攀住他的手臂，「吳……吳、吳太太？」

賀瀟焱挑了挑眉，是吳昱輝的現任妻子嗎？

「玉惠？」趙健瑋在後頭跑得上氣不接下氣，一見到林玉惠也錯愕。「妳——妳在這裡做什麼！」

林玉惠這下可慌了，別說不能讓人看到了，還一次來了三個人，前頭的男人她不認識，但後面可是她老公的員工跟好友啊！

「為什麼？吳太太也死了嗎？」小雪根本搞不清楚狀況！

「不，她是活人，刻意到這裡來對人家施詛咒的。」賀濚焱邊說，邊注意著大氣的流動，江口雅子已經在附近了。

「施——」小雪倒抽一口氣，忽然間衝出賀濚焱的界線範圍，直接往林玉惠走去。

「吳太太，是妳詛咒惜風跟葉助理的嗎？」

「妳做什麼？」林玉惠急忙想擋住小雪，但是她氣急敗壞的往樹上望去，果然看見了三個草人——三個啊！

正中間最大尊也被釘最多釘子的就是惜風，而上方有個密密麻麻的草人，釘著的果然就是葉美好，至於一旁有個挺乾淨的草人，上頭貼著是江口雅子的照片。

「這什麼東西！」小雪簡直受夠了，「原來是妳在詛咒惜風她們，除了江口雅子之外，就是妳！」

小雪伸手想要拔掉惜風的草人，卻被林玉惠狠狠一把推開。

「妳懂什麼？這些賤女人就是要這樣除掉！」她怒不可遏的咆哮著，「葉美好在幫昱輝搞外遇，那個江口雅子還從日本到台灣來跟昱輝見面。然後，妳這個大學生竟敢誘惑昱輝！」

鎚子指向趙健瑋——身後的惜風。

她痛得彷彿全身都已裂開，但她還是咬著牙走到這裡來了。

「這麼逞強？」賀濡焱回身，趕緊攙過她。

「我要看——到底是誰在詛咒我……」惜風一偎上賀濡焱，整個人就靠了上去，無力支撐。「究竟妳們憑什麼認定我跟老闆有關係？」

『氣味。』

幽幽的鬼音傳來，紅色的鬼火一簇簇冒出，江口雅子拖著和服從小雪的後方走出，嚇得她趕緊讓開一條路。

『妳身上有……一樣的氣味。』江口雅子忿恨的瞪著她，『昱輝是我的。』

林玉惠瞪大了眼睛看著走過來的江口雅子，她將手上像釘床的草人擱上杉木，用力的再釘上去！

「呃啊！」這一瞬間，惜風忽然被一股拉力扯向就近的杉木，彷彿被釘上去一樣，動彈不得了！

跟葉美妤一樣！賀濡焱倒抽一口氣想要阻止，卻沒有辦法阻止咒術的相連結。

「玉惠！妳弄錯人了，惜風真的沒有跟昱輝交往！」趙健瑋焦急的往下跑去，賀瀶焱顧著探視惜風，又錯失了拉住趙健瑋的機會！

他們怎麼老愛往鬼的方向跑！林玉惠附近的氣場已經不同了，他們會被牽連的！丑時之術絕對不能被外人看見，否則失效事小，施術者將會被反噬啊！

「才怪！我清楚得很！」眼看著江口雅子沒有進行攻擊，林玉惠抖著手再往草人上釘新釘子，引來惜風的痛楚。「就是她！昱輝在追求的對象！我們都有一樣的香味！」

咦？惜風瞪圓大眼，一樣的香味？

小雪發顫著，看著江口雅子朝林玉惠咧嘴而笑，彷彿是天涯遇知音一般，她們有著共同的敵人？

「為什麼？吳太太只顧著釘惜風跟葉助理？」小雪指向一旁被冷落的江口雅子草人，「那具草人為什麼不再理她了。」

「她已經死了。」林玉惠冷冷瞪了她一眼。

但是江口雅子注意到了，她側了頭，越過林玉惠往另一棵樹上看去，乾淨的草人上沒有太多的釘子，但是——

「因為她被妳親手殺了吧？」惜風摀著胸口，心臟彷彿快要裂開。「妳殺掉了江口雅子，因為老闆到日本時還跟她幽會！」

江口雅子的鎚子停了，林玉惠的鎚子也停了。

江口雅子的眼球釘滿釘子不代表她看不見，這只是她靈體的模樣，她歪著頭望向林玉惠，這女人？

「惜風，妳在說什麼？」趙健瑋皺起眉頭，「別做不實的控訴。」

「我在榻榻米細縫裡找到粉紅色的水晶，應該是從林玉惠耳環上掉落的。」她先殺掉江口雅子，再假裝帶著女兒說是要來找老闆，這樣就可以解釋她的車子曾出現在會議堂的理由。

還有一開始仰望在樓梯上的她時，有些緊繃的神色，跟微喘的胸膛起伏。這動作很細微，但是她那時才剛跟日本的死神照面，敏銳度大大提升！

接著林玉惠跟她交代事情時，她就已經注意到缺了顆水晶鑽的耳環了。

所以她在榻榻米那兒拾撿到的不是什麼澄澈的死意，而是水晶。

江口雅子停頓了幾秒，為了避人耳目，她把攝影機的角度移開，好把握機會跟昱輝擁吻，然後約好晚上再見面。他進去開會，她則處理現場事宜，直到發現和室的紙門是敞開的。

她立刻進入察看，是誰沒關上還是有人溜出去，一進門就被力道甩上柱子，一根釘子瞬間就釘過了她的喉頭及肩膀。

她叫不出來，眼睜睜看那女人撐開她的眼皮，變態的揚起笑容，釘子的釘尖就這麼映在眼前。

『啊！啊啊……』那種撕裂的痛楚她想起來！想起來了！大量的鮮血自釘滿釘子的眼窩流出來，江口雅子發出悲鳴。

森林裡的白色霧氣瞬間轉為紅色，龐大的壓力自四面八方襲來，小雪跟趙健瑋驚覺不對時，身邊已經被包圍了！

沈珮恩現身在江口雅子身後，而林玉惠的身後——則站著葉美好。

四個女人沒有什麼分別，每個人都恢復丑時之女的模樣，頭頂上的三根蠟燭火燒得正旺，分別代表：感情、仇恨、怨念。

「走開！是妳們不好！」林玉惠驚恐的拿著鐵鎚比劃，「為什麼要搶人老公？為什麼要幫昱輝搞外遇！」

「怎麼可能！」連小雪都不可思議，剛殺完江口小姐，渾身應該都是血……不可能還光鮮亮麗的出現啊！

「那種事，雨衣就可以解決……」林玉惠忿忿的說著：「那是我的老公！我辛辛苦苦得到的男人，為什麼要跟別的女人分享他！」

『原來……在我出手前妳就已經先動手了啊……』沈珮恩冷冷的笑了起來，『不過昱輝是我的！妳是哪根蔥？』

小雪一驚，原來在和室屋外看到的丑時之女真的是沈珮恩，她原本也想親手殺掉江口雅子嗎？

『他說要跟妳離婚，跟我在一起的！』江口雅子推開了兩個妻子。

『呵……哈哈哈！』葉美好在一旁訕笑起來，『笑死人了！昱輝愛的是我！我跟昱輝有間套房在天母呢！嘻嘻嘻……』

恨意與怨氣集結，不停的擴大，賀濼焱護著惜風都來不及了，沒有百分之百的把握上前解除咒術。

更別說，林玉惠丑時之術被破壞，已經把這土地上邪惡的東西都引過來了。

不過最邪惡的，應該是這四個女人吧？

小雪渾身都在發抖，她臉色發白的向後退著，四個丑時之女都發狂似的互鬥，這群女人都失心瘋了，為了那麼一個明明沒什麼的老闆，連承諾都不敢下的孬種！

五歲的小咪退到一邊，用很疑惑的神情望著自己的母親，然後小心翼翼的走到一旁的樹上，竟然從胸前掛著的盒子上也拿出一個草人，開始釘釘子。

「媽媽說這是賤女人，她不見的話爸爸就不會不要我了。」那一根釘子釘在頭上，「爸爸就會回家了。」

惜風腦門宛若撕裂，血頓時從鼻腔裡流出來。

釘釘子的聲音成功引起了四個女人的注意，她們同時住手，幽幽的轉向惜風。

是啊，現在共同的敵人，是這個年輕貌美的助理呢！

「糟！」賀濂焱無論施以如何的咒法，都無法讓惜風脫離咒術，眼看著她連耳腔都流出鮮血，他卻無能為力？

火！給他火啊！如果靈力跟咒法在這片土地失效的話，至少給他地獄的業火，燒盡一切！

沈珮恩跟葉美妤沒有詛咒的草人，她們直接逼近了惜風。水結界無法阻擋邪惡的咒術太久，賀濂焱將護身符掛上惜風的頸子，將自己的靈力灌入。

至少保全她不被怨靈直接攻擊。

「我受夠了。」小雪忽然暴走般的，衝到小咪身邊，一把抽走她手上的鐵鎚，狠狠的扔向遠方，並且拔下草人。

趙健瑋也冷不防的上前，一把推開林玉惠，拿出鑰匙，努力的想將千瘡百孔的草人從樹上撬下。

「做什麼？」林玉惠瘋狂的推著趙健瑋，他握住了她揮來的手，這才赫然發現，林玉惠姣好的容貌已然扭曲了。

人不像人，鬼不像鬼，這是什麼時候發生的事！

「保護妳的東西還會在嗎？」賀濡焱深吸了一口氣，瘴氣太重了，必須快點把活人拖出來。

「會。你儘管去。」惜風開口說話，鮮血就全數湧出。

賀濡焱抽起腰間一直沒使用的迴旋鏢，突然朝著惜風拋射出去，但是並沒有傷到惜風一絲一毫，反而是優美的從她身後繞過，甚至繞到了沈珮恩的身後，瞬間劈開了她。

沈珮恩瞬間裂成兩半，裂口處開始因迴旋鏢上的咒法而腐蝕。

劈開沈珮恩後，那迴旋鏢從賀濡焱與惜風中間穿過，從賀濡焱身後繞回他手上。

「擋路。」路空了一半，他跳下高處的杉木，順手鋸下葉美好原本就搖搖欲墜的頭顱。

非不得已他不會做這樣的事情，這迴旋鏢是一種殺傷力很大的法器，上頭刻滿了傷人的咒語，力道來自於他的靈力，只要以此傷害靈體，就會讓靈魂破損。

但為愛發狂的女人已經沒有理智可言，只會互相殘殺跟怪罪，沒人想到始作俑者的男人說不定正在另一個女人懷裡逍遙。

林玉惠跟趙健瑋扭打在一起，小咪揹著小雪的腳，她豆大的淚珠掉個不停！小雪訝異林玉惠竟然對孩子灌輸自己的怨恨，讓不懂事的孩子就懂得什麼叫詛咒！

賀濡焱朝著扭打中的趙健瑋拋出迴旋鏢，又是詭異的弧度繞圈，砍斷江口雅子僅存的左手。

「走了！」他突然一把抓過趙健瑋，分開他跟林玉惠。「這裡不能待了！」

「啊啊！啊啊啊！」林玉惠怒吼著，拿著鐵鎚又要往賀濡焱敲下來。

「都不成人樣了。」賀濡焱蹙起眉，一腳踹開她的攻勢。「小雪！走了！」

小雪緊捏著那草人，回身就要跟著跑出去，她覺得呼吸越來越困難，身邊多出了好多奇怪的聲音，但是——她霎時低首，小咪竟緊緊抱著她的腳，不讓她離開。

「把東西還給我！我要爸爸回來！我要爸爸回來！」

趙健瑋則甩開賀瀟焱，拿著鑰匙繼續撬著林玉惠釘的草人，這個惜風的草人有太多的釘子都深入杉樹，根本無法在短時間內被完整的拔起！

「我來！你快帶小雪到惜風身後去！」賀瀟焱上前按住趙健瑋的肩膀，「你們不能再待——」

餘音未落，忽然一隻手狠狠的從後勒住賀瀟焱的頸子，直直把他往後拖行，甚至甩拋了出去！

他措手不及，身子撞上杉樹，聽見肋骨斷裂的聲音才落下。

『咿——嘿嘿——』

林子裡傳出了尖銳的笑聲，小雪登時抬首，發現四周煙霧瀰漫，業已伸手不見五指！

趙健瑋正在撬起最後一根鐵釘，忽然發現身邊多了無數雙眼睛。

丑時之術的破解引來了所有曾為愛發狂的女人們，她們將恨意灌注入林玉惠的身體內，彼此侵蝕爭鬥，對他人施以恨意，也將被恨意所吞噬。

但是在其中的活人，沒有人能逃得過那些女人的瘋狂！

「咳……」賀濡焱掙扎的爬起身，咳出了一口鮮血。「可惡！」

他撐著杉樹站起來，裡頭尖叫聲與嘶吼聲此起彼落，只怕趙健瑋跟小雪都已經來不及了！

為什麼不借給他火，只要一把火！剎！他向上的掌心，忽然冒出一團璀璨的火光。

為什麼？非得要等無辜的人牽扯而入時，才願意把業火借給他呢？

「那是……什麼？」惜風曾幾何時，已經離開了杉樹，賀濡焱回首望著她，知道趙健瑋已經成功把草人全數取下了。

「業火。」他沉靜的說著：「可以燒盡一切靈魂。」

「包括小雪他們？」

「不能讓這片瘴氣擴展出去，會傷害到其他的人。」

惜風抹了抹鼻間的血，她其實連走都走不動了，卻緊緊握住賀濡焱的右手，緩緩的闔上他的掌心。

「我去。」她根本都站不直了，卻這麼說：「我去把小雪他們帶出來。」

「妳在說什麼？」賀濡焱反抓住她，「她們巴不得殺掉妳，這一去根本是羊入虎口！」

所以他必須在林玉惠變成可怕的執念妖鬼之前，快點把她解決掉，才不至於再度傷害惜風！

「不，我不會死的。」她緩緩的撥開他的手，「我無論如何，都死不了的。」

她微微一笑，身後忽然傳來銀色光點，一隻在半空中跳跑的狐狸竟然跳過賀瀮焱的肩頭，前往眼前那瘴氣團，將之團團包裹住。

狐仙？似乎是來遏抑瘴氣的擴張！賀瀮焱皺起眉，惜風趁機再往前去。

「范惜風！」他再度抓住她，「沒有人是不會死的！」

他可不希望全軍覆沒。

惜風露出淒美的笑容，在那銀光下竟顯得有點令人動容。

「你在說什麼啊？」她挑高了眉，「我可是死神的女人。」

否則，怎麼可能到了這種地步，都還沒被咒術殺死呢？

賀瀮焱瞬間呆愣，惜風沉靜的挪開他的手，吃力掙扎的走進被狐仙包裹住的銀圈裡。

在台灣時，跟在惜風身邊的果然是死神，但那死神並不是守護神，而是——她的男人？

她跟死神在交往？賀瀟焱完全不能接受！他搞不清楚這其中的緣由！

但是他會鬆手，是因為狐仙出了手，而惜風身上也的的確確有特別的保護層在，才能連顱內出血了都還有氣在！

「狐仙，你們就只出動一隻嗎？」賀瀟焱對著外頭那正在舔腳的狐狸抱怨著，「我明明請兩隻來，你們不能收了油豆腐不辦事吧？」

啪——風壓襲至，又一隻狐仙跳過賀瀟焱的肩頭，這一次尾巴很故意的掃過他的臉頰，他唉了一聲，看著那一隻狐狸咻的鑽進了瘴氣中。

不出一刻鐘光景，先被扔出來的是趙健瑋，然後小雪壓在他身上，最後是由狐狸叼出的惜風，她全身皮開肉綻，但還是沒死。

賀瀟焱立刻上前，雙手竄出業火，狐狸們瞬間成鳥獸散，而龐大的怨念與那四個已然扭曲不成人形的女人，還在怨世界的不公平。

一瞬間，賀瀟焱忽然改變了想法。

他勾起微笑，握拳將好不容易借到的業火捻熄，伸手往自己身上的傷口抹去，抹下一大片鮮血，硬是在空中做了手印，然後一掌壓進土裡。

「狐仙！請助我一臂之力！」他大吼著，左手先拋出神社的念珠串，再拿過僅存的水往瘴氣裡灑。

以我的血與靈力為前導，請淨化這土地上所有不潔之物，讓嗔痴愛怨都能消失——除了我用封印包裹住的四個女人之外。

火紅的光忽然竄升迸射，半昏迷的趙健瑋下意識遮去刺眼的光芒，下一秒森林裡沒有白霧，沒有鬼火，乾淨得連動物的叫聲都聽不見。

賀濴焱至此無力的趴上地面，抬首望著跟前的空間，只有他看得見，那四個被念珠串綑綁的女人還在。

「妳們……就沒人覺得吳昱輝拋棄了妳們嗎？一直互相爭有屁用？」他嘆了一口氣，全身快虛脫了。「沈珮恩死了，他可以跟江口雅子在一起，然後他娶了林玉惠，林玉惠還沒死，他就可以跟葉美妤同居。妳們到底有沒有搞懂，就算妳們殺得你死我活，吳昱輝還是可以再跟下一個女人在一起啊！」

他盤坐在地，一抽手，佛珠立刻回到他手上。

兩半身體合一的沈珮恩明顯的變瘦了，腐蝕掉的靈魂已不再回來，她仰頭向天，第一個消失在賀濴焱眼前；然後是林玉惠恍然大悟般的離開，葉美妤像是追趕著她一般火速離開，江口雅子彷彿還瞪著趴在地上的惜風，帶著點不甘願。

「她是死神的女人，不可能是吳昱輝的。」歷經這一切，就算是鬼也該有頭腦。

江口雅子消失的那瞬間，森林裡突然飄下了白色的雪。

賀濡焱正在調息，微瞇的雙眼看著未離去的兩個女孩，藍色螢光的小柔歡欣的想接雪來玩，雪卻一一穿過；另一個看起來倔強的女孩是小咪，她緊抿著唇，不高興的瞪著賀濡焱。

「我帶妳們走。」他輕聲說著，伸出了右手。

小柔率先邁開步伐，可愛天真的神情衝著賀濡焱綻開笑顏，輕輕握住他的手，瞬間就被吸進了他的手臂當中。

他持續伸直手，朝著小咪挑眉。

『我要去找媽媽。』小咪後退了一步，『我要爸爸跟媽咪在一起！』

她尖叫的瞬間，原本天真的臉龐瞬成惡鬼，瞬間消失在雪地裡，想是追尋林玉惠而去。

傳聞中真正的丑時之女，有時不僅只一個女人，還包括一個小孩。林玉惠將自己的怨恨傳遞給孩子，讓上一代的過節影響下一代，造就了最完整的丑時之女。

「嗯？」躺在趙健瑋身上的小雪幽幽轉醒，冰冷貼在她的臉頰。「咦？下雪了。」

賀濡焱調息後起了身，肋骨大概斷了兩根左右，刺著他的肺，他還是吃力的到趙健瑋身邊，拿下他跟小雪手中的草人，緩步的往後方走去。

「你去哪？」趙健瑋緊張的問著。

「把咒術化解掉。」

刻意走了數公尺遠，手中捧著五隻草人，他除了嘆息之外，也無話可說。掌心裡竄出的火燄瞬間就將草人燒得灰飛煙滅，同一時間，躺在雪地裡的惜風狠狠倒抽了一口氣，坐了起身！

「惜風！」小雪高興的大笑著，衝過去緊緊抱住她！

兩隻狐仙在一旁嬉鬧著，小雪說是狐仙為他們擋下了巨獸。

賀濡焱終於靠上杉樹滑坐在地，手上的秒鐘剛走過十二，分針喀噠移前了一格。寅時，真是可喜可賀。

第十一章・氣味

在杉木林深處有處沼澤，罕有人煙，負責的住戶農家也都知道，但因為水深危險，也就沒人會往那兒去，當警方從沼澤裡撈出骸骨時，震驚了樸實的社會。

十年前台灣律師夫人的失蹤案終於找到了屍首，除了大人外還有一名孩童，但因為時間久遠，屍身早已腐爛分解，骨頭也已散落，要能尋得蛛絲馬跡有一定的難度。

而在這之前發生的釘人案也恰好與該台灣律師相關，死者是中日律師間的日本窗口，華裔的江口雅子，慘死在會議堂附設的和室當中，被活生生以釘子釘死在柱子上頭。這方面已經尋得跡證，確定他殺，而且兇嫌是該台籍律師的現任妻子。

巧合的是，自沼澤裡尋獲的屍首，也正是這位台籍律師的前妻與孩子。

因此，這場交流會議宣告結束，台籍律師們陸續返台，而當事者吳昱輝律師則在友人的陪同下，面臨人生中的悲痛。

前妻與女兒的遺骨，現任妻子涉嫌謀殺，理由極有可能是因為吳姓律師與江口雅子有染。

但現任妻子與女兒竟也無故失蹤，一如十年前一般，旅館監視器拍攝到她們離開飯店，座車甚至停放在杉木林附近的停車場。

而該律師的助理葉美好座車也停在同一個地方，相同的人間蒸發，日本警方一度將兇嫌鎖定為吳姓律師，但他有充分的不在場證明，幾乎都在居酒屋中，有眾多目擊者。

警方進行大規模搜山，懷疑林玉惠母女及葉美好也在杉木林中。

「所以說——」小雪認真的畫了一張關係複雜的表，「老闆原本有未婚妻，是沈珮恩橫刀奪愛成功，嫁給老闆七年，生了小柔。但老闆在這之後又外遇了，有很多女人，江口雅子也是其中之一，沈珮恩知情後決定帶著孩子陪老闆到京都，想阻止老闆偷腥，結果老闆沒鳥她，依然跟江口雅子在一起，他們為此吵架，然後葉助理就殺了沈珮恩。」

在三萬英尺的高空上，小雪侃侃而談，不過其他人只當她在說小說或是電影情節，即使她認真的在便條紙上畫關係圖，也沒人在意。

「所以葉美好很久很久以前就對老闆情有獨鍾了。」惜風有些感嘆，這些痴傻的女人，為愛成痴啊！

「可是我們都沒看出來啊，老闆對葉助理也沒有多好！」小雪咕噥著，「之前讓她請一個禮拜的假就在那邊碎碎唸、在機場時也沒有男朋友對女友的體貼！」

「我會稱之為避嫌。」惜風幽幽的說著：「就是因為是助理，他們不能太明顯，如果妳仔細看，老闆眼神其實都會一直放在葉助理身上。」

「我沒注意……」小雪嘆了口氣，眼神繼續放在手裡的紙張。「嗯……沈珮恩失蹤後，老闆應該要跟江口雅子在一起，偏偏又出現林玉惠，所以江口雅子被拋棄，老闆娶了林玉惠，生下小咪，可是再度跟江口雅子舊情復燃……」

趙健瑋坐在斜前方，早跟空姐要了酒，神色落寞。

「同時間，他又跟葉美好住在一起？」小雪關係圖畫得有點迷糊了。

「老闆同時跟江口及葉助理在一起，我想林玉惠口中的第三者其實是葉美好，因為老闆已經與她共築愛巢。」這也就說明，為什麼葉助理總是跟老闆同進同出，原來早就跨過了那層關係。

「這真的很奇怪，沈珮恩是美女，江口雅子不是。林玉惠更是模特兒，可是葉助理完全不出色。老闆劈腿的對象都比元配差啊！」這讓電視看很多的小雪困惑，因為照理說事業有成的男人是越劈越年輕啊！「難怪沈珮恩跟林玉惠會不爽，因為條件差太多了。」

隔壁的趙健瑋將杯子放下，無奈的搖了搖頭。「昱輝從來不是個適合安定的人，他為一個女人停留只是暫時的，接下來身邊有誰出現，他就會移情別戀，跟外貌無關。」

「簡單來說就是無法專一，或是不願專一。」隔著一個走道，賀濡焱正吃著花生豆，身上裹了層層紗布，他肋骨的確斷了。

他們能夠全身而退，幾乎都是靠賀濡焱的「特殊關係」，也因此他沒休養足夠，神色疲憊。

「我只是沒想到他這麼的過分，竟然隱瞞他跟葉美好的事情，把交往對象推到惜風身上。」趙健瑋擰起眉，他沒有辦法留在日本陪昱輝，他根本不願再看見他的臉。

他懷抱著十年的希望，在看見沈珮恩的怨魂後全數落空，在看見小柔的藍色螢光後心碎，他從大學就一直喜歡著的女人，即使嫁給了吳昱輝，他還存有一絲希望。

他當年知道昱輝外遇的消息後，已經做好盤算，一旦珮恩跟昱輝離婚，他也願意接受她跟小柔！

但這個心願未曾說出，珮恩就失蹤了！他一心幻想著倔強的她可能留在日本，不願回台灣這個傷心地。或許她又遇到了好男人也沒關係，他只希望她能幸福。

可是當賀濰猋說丑時之女可能就是珮恩時，他告訴自己不可能，那只是推斷。親眼見到丑時之女時，他的夢就此碎裂。

珮恩是為了昱輝而死，他甚至可以這麼說。可是昱輝從未對珮恩有過任何的懷念，望著珮恩死後日日夜夜在杉樹上為了吳昱輝詛咒其他女人，他只有感到悲哀。

或許她這輩子心裡都沒有他，但是為吳昱輝這樣的男人，怎會值得？

小雪默默的把筆記本收起，看著上頭錯綜複雜的關係圖，雙手竟微微顫抖，她悄悄的瞥向惜風，卻沒想到她早就瞅著她。

「妳有話要對我說嗎？」惜風平靜的問著。

「……」小雪深吸了一口氣，用力閉上雙眼。「對不起！」

嗯？連賀濰猋都忍不住往她們那兒望，怎麼氣氛突然變得很奇怪？嘰哩呱啦的小雪怎麼靜了下來。

「怎麼了？」趙健瑋直起身子，因為小雪幾乎對著惜風九十度鞠躬。

「對不起什麼？」惜風平靜得無以復加，淡然的望著小雪的頭頂。

「我不該送妳那瓶香水的！」小雪瞬間哭了起來，「我不該把老闆送我的東西轉送給妳！」

惜風幽幽的望向窗外，是啊，就是香味啊！

她們身上有著同樣的香水味，不管是沈珮恩、江口雅子、葉美妤或是林玉惠，大家都使用老闆送的同一品牌香水。

「香氣？」賀瀮焱差點滑掉手裡的零食，「小雪？妳——是妳老闆的新歡？」

小雪？趙健瑋忍不住倒抽一口氣！

「老闆在追我——我承認我有點心動，他真的跟趙律師說的一樣，私下對我好得不得了！買蒂芬妮送我、買名牌包給我，帶我去很高級的餐廳吃飯……我也知道他只是想玩玩，但當我要他對錄音機發誓會跟老婆離婚時，他孬種的不敢說出口！」小雪淚眼婆娑的望著惜風，「他送給我香水當賠禮，我為了讓自己不要再深陷，就把它轉送給妳。但是我不知道這樣會害妳——害妳變成目標！」

惜風還記得那一天，小雪異常的安靜，彷彿心事重重一樣，連笑容都很勉強，中午吃過飯後突然擺了一瓶香水在她桌上，說這味道很清甜，她覺得很適合她。

當時她曾拒絕過，又不是什麼節日，也沒有什麼交情，不需要收這種禮物。但是小雪非常堅持，說這是特地要送給她的禮物，非她莫屬。

『就當生日禮物好了！我這人就藏不住秘密嘛，買了就想趕快給妳，我們常跟老闆到處跑，灑點香水也算是一種禮貌？』

她很狐疑，非常非常的懷疑，但是讓「祂」檢查後沒有問題，味道也很怡人，就跟小雪道謝，並且記住小雪的生日，決定要回送禮物給她。

沒想到，那香水竟是致命的轉送。

「妳應該早點說的。」賀瀮焱皺起眉。

「我不敢講——而且我跟老闆並沒有正式交往，我真的拒絕他了。」小雪囁嚅的絞著雙手，「我沒想到會有利用香味這種事情，我更不知道傳說會是真的，而且還發生在我們周遭……」

柔荑輕輕地放在她絞著衣角的雙手上，惜風劃上一絲笑容。

「沒關係，妳不是有意的。」她拍了拍她，「我不是沒事嗎？」

這是陰錯陽差，小雪間接轉送給她的香水，導致她成了那些女人的眼中釘，因為吳昱輝總是送一樣的香水，這樣不管在哪張床上纏綿，都不會有意外。

但是她很慶幸，香水不是小雪在使用。

因為小雪會死，但是她不會。

小雪嗚咽的往她肩上哭泣，惜風有點不知所措，但還是勉為其難的接受這親近的動作。

趙健瑋又叫了杯紅酒，知道吳昱輝在追求小雪後，他心裡更不舒坦，這樣的朋友，究竟還要再繼續害多少個女人？

這些女人究竟要為這樣的男人互相指責、傷害多久？

「別再喝了，喝多傷身。」賀濂焱及時阻止空姐，「不如給他杯熱茶吧！」

「我……」他眉頭深鎖。

「這不關你的事，不必這麼自責，凡事都攬在自己身上，你只會更痛苦，那是沈珮恩選擇的人。」

趙健瑋忍著鼻酸，這個男孩子看起來雖只是二十來歲，但也的確不是普通人物，他已經知道沈珮恩在他心目中的重要性了。

「如果當初——我鼓起勇氣開口的話。」他喃喃的低語，這是男人間的對話。

「一直在後悔當初是沒有用的，事過境遷，做什麼都沒有用了。」賀濂焱表情忽然冷凝下來，「與其在那裡懊悔，不如想想未來該怎麼不重蹈覆轍。」

空姐親切的遞上熱茶，趙健瑋點了頭。「我明白。」

賀濎焱胸疼的又輕咳幾聲，真是不公平，范惜風顱內出血，全身都是咒術的傷害，竟然現在已經毫髮無傷了？過程中當然是生不如死，但問題現在斷著肋骨的人是他，他就很難接受！

趙健瑋只有擦傷跟手臂的割傷，是厲鬼所致，他那時緊護著小雪留下的，賀濎焱稱為英雄傷痕。小雪只有額角的撞傷跟飽受驚嚇，其他倒是沒什麼大礙。

對她來說，心理的傷應該更重，因為她差點害死同事。

差一點，害到一個根本不會死的同事。

賀濎焱默默的隔著趙健瑋跟小雪，望向坐在窗邊的清秀女子。

她像瓷娃娃一樣面無表情，嘴角鑲了朵淺笑，輕輕的安慰著小雪，他從來沒有看過身陷極惡咒術，被邪氣包圍，甚至被厲鬼視為目標屠殺的人，能夠全身而退。

當然，他也從沒有看過不死之身的人。

一小時後飛機抵達桃園機場，一行四個人拖著疲憊的身子下機，賀濎焱刻意把小雪推到前頭去，他有話要跟惜風說。

「奇怪，妳都能不死了，為什麼腳還沒好？」他打量著走路一跛一跛的她。

「因為這是我自己扭到的，再說，扭傷不會造成死亡。」惜風沒好氣的說著。

更別說那時雖然被江口雅子衝撞，可是日本的死神保住她一命，只留個扭傷已經該額手稱慶了。

「妳，天生就是不死之身嗎？」他壓低了聲音，開門見山的問。

惜風微怔，下意識的左顧右盼，才朝著他認真凝視。「並不是。」

「但是沒有人能從那樣的詛咒或是厲鬼殘殺中活下來的。」即使是日本的傳說，丑時之女就是丑時之女，懷有怨恨的厲鬼。

「因為我早就被詛咒了。」惜風冷笑著，像是自嘲：「我在杉林裡跟你說過了。」

「因為你是死神的女人？」他根本沒聽懂，「這太荒謬了，妳交了一個死神當男朋友？」

「我只說我是死神的女人，沒說他是我男朋友。」惜風突然煞住步伐，扣住他的手。「很多事情，有分自願與非自願的。」

賀濔焱慢慢睜大雙眼，他懂惜風未出口的話語了。

她是非自願的。

「我們等一會兒就要入境了，別跟我提關於死神的事。」她低聲警告著，走過免稅店，眼看著入境處就在眼前。

「是啊，死神也有國界之分，當初妳一出境，詛咒立刻對妳造成影響。」相對的，她一入境，死神就會回到她身邊——她就必須回到死神身邊。

「妳喜歡這樣的人生嗎？」他刻意放慢腳步，雙眼盯著不遠處的出境處看著。

「你說呢？」惜風不悅的瞪大眼，「我求生不得，求死不能。」

啊啊！他看見了。

在出境處完全沒有游離飄蕩的孤鬼野鬼，因為正中央有一個極陰的磁場，他看不見全貌，但勢必不是普通人物，才能讓游離鬼們退散。

「或許我能幫妳。」

惜風斜睨了他一眼，只是笑而不答。

「喂！你們有沒有要買菸？幫我帶！」小雪在後頭喊著，及時拉住他們。

「噢，差點忘了我要買菸。」他一旋身，往免稅店裡去。

「我幫妳帶吧！」惜風對著小雪說著，多讓一堆人抽菸致死，死神會很開心的。

「謝謝！」小雪綻開笑顏，愉快的拿菸去結帳。

趙健瑋當然也有抽菸，只是現在管得緊，一人只能買一條，好不容易結完帳，入境處已大排長龍。

「有空到我那邊一趟，你們都必須再淨化。」賀瀠焱趁空交代，「別嫌懶，你們身上還有邪氣。」

「好！一定去！」小雪超緊張的，她其實到現在還怕那些女人會找她麻煩。

「麻煩你了。」趙健瑋微微頷首。

「我就不必了。」惜風涼撂著話，意在言外。

賀瀠焱懂，死神都在身邊，她怕什麼？

惜風在賀瀠焱之前入了境，她一走出去，那模糊的影子立刻來到她身邊。

而惜風也在一瞬間，感受到冰冷的世界再度回來了。

『怎麼搞成這樣！』那聲音慍怒的說著。

「我很累了，別吼了。」她輕聲回著：「讓我好好休息吧。」

『究竟是誰！』

「我老闆。」她誠實以告，「放心，至少是台灣人。」

身邊的人分了心，因為賀瀠焱正朝她走來。

『這個人？』

「他可是救了我的人。」惜風趕緊說著，盡可能用平易的態度。

「祂」可還沒忘記，被這個普通人類從計程車中趕走的事。

出境後下了電扶梯，大家陸續領回行李，紛紛交換起名片，賀濡焱身上的手機震動個沒完，想必外頭已經有人在等他——等著罵他。

「我就不給名片了，要來前給個電話。」他在每個人手機裡輸入號碼，唯獨跳過惜風。

她在出國前，就已經拿到他的名片了。

大夥兒一起離開，走到外頭時，電視螢幕裡剛好播放著關於吳昱輝的新聞，連國內也吵得沸沸揚揚。

「女人為了他如此，他卻可以全身而退……」小雪真的是有感而發，「我覺得不管是林玉惠或是葉助理，都太不值了！」

「你們放心，他不會再傷害更多的女人了。」賀濡焱滿意的劃上微笑，他可沒有除掉那四位為情瘋狂的丑時之女。

啊！惜風停下腳步，拿出面紙往眼皮上擦去，把眼線全數抹去，再緩緩睜眼看向螢幕。

螢幕裡剛好是吳昱輝面對日本媒體在說話，他顯得悲慟萬分，不了解為什麼前妻及孩子會慘遭傷害，更不懂現任妻子為什麼要殘殺江口雅子，也不知道大家的失蹤是為了什麼，他一臉憔悴，還真令人同情。

不過——

「啊。」惜風輕出了聲，小雪登時回首，她知道這個語調——「他出現死相了。」

尾聲

高級料亭的服務生，整齊劃一的行禮歡送貴賓。

兩個男人跌跌撞撞的，勾肩搭背往外頭走去，降雪的日本格外寒冷，若不是命案纏身，他多想回到台灣。

「走好！走好！」朋友扶著醉醺醺的吳昱輝，「你站穩啊，這是雪地，很容易打滑的啊！」

「唉，煩死了！」吳昱輝大吼著，像是發洩情緒。「妳們這些女人，到底想怎樣？死的死，逃的逃，失蹤的失蹤！」

「好，好，好，別這麼大聲。唉！」友人把吳昱輝帶到一邊，剛好有座小橋，讓他在這兒稍等。「我車子停在橋的那邊，我去開過來。你這樣走不完的！」

「誰說的？我好得很！」吳昱輝一甩手，醉言醉語。

「好！好！好！你很好！」友人搖了搖頭，把他安在橋頭的地方。「就站在這兒別動，坐下來也行，這邊有個石柱。」

「我跟你去……」

「別！別！別！你就在這兒。我去去就回！」友人還幫他把圍巾圈緊，「這麼冷，你這花心鬼，要是有女人出來搭訕，可別應啊！」

「什麼東西！」

「這種天氣沒什麼人，陰暗潮濕的，日本傳說中的橋姬就喜歡出來引誘你這種劈腿劈不完的男人！」友人語帶警告，事實上是要他別亂跑。「坐定，動都不要動！」

「欸……」吳昱輝也不清醒，嗯嗯哎哎的靠著。

友人縮著頸子趕緊過橋去，吳昱輝則半夢半醒的坐在那兒等待，忍受著陣陣寒風。

劈腿又怎樣？外遇又如何？男人外遇劈腿是正常的吧？他也知道珮恩美麗，但不知道為什麼看久了就是會膩。玉惠更加漂亮，可是看久了卻變得無趣。

定下來真麻煩，但當初不求婚的話，又怕珮恩或是玉惠跑走。那時他真的是愛她們的，只是後來的女人更具吸引力。

就連跟在身邊十幾年的葉美妤曾幾何時都比玉惠火辣了……不過她很麻煩，竟然不小心懷孕了！讓她去把孩子拿掉休息個一星期，回來後還是一張苦瓜臉，越看越不順眼。

他開始懷疑美好是故意讓自己懷孕意圖綁住他的，這女人執著得很，能等這麼多年，他得小心一點。

不過無所謂，不管日本媒體還是國內媒體，都在追查美好跟玉惠的下落，可憐的美好被罵得一文不值，第三者、狐狸精……拜託，玉惠當初也是從江口手上把他搶走的。

隨便，反正男人總是吃香的，他想趕快回台，她們都不要出現也無所謂了，因為他現在喜歡的是小雪，他還得加把勁，他沒看過這麼惹人喜歡的女孩，他想要小雪。她是拒絕他了！但總要再接再厲，他熟知讓女人動心的方式，只要再加把勁，小雪便能手到擒來！

「先生，怎麼一個人在這裡呢？會著涼的。」

標準的日語在耳邊響起，醉酒的吳昱輝反應有點慢，但還是緩緩回過身去。

一個膚白若雪的日本女人撐著傘站在他身邊，出落得美麗動人，連淺笑都令人心神盪漾。

「我在等人。」他的日語很普通，都是跟江口雅子學的。

「這樣不行。你朋友在哪裡？我送你過去吧？」女子顯得古道熱腸。

「不，不，他只是去開車而已，就在橋的那邊。」他指了指二十公尺外的停車場，隱約還可以看見大燈。

「那我帶您過去吧！」女子伸出手，使勁的將吳昱輝給攙扶起來。

好香……吳昱輝貪婪的嗅著女子身上的香氣，刻意站不穩的賴在她身上，軟玉溫香，日本女人就是比台灣女生多了份矜持，但感覺更吸引人。

大手刻意搭在女人的肩上，她顯得有些尷尬，但還是努力的撐起他的身子，再把傘舉得老高。

「妳好漂亮，是料亭的人嗎？」借酒裝瘋，吳昱輝大膽的讚美。

「嗯，不，我住這裡。」女子搖了搖頭。

「當地人啊？呵呵，我叫昱輝。」吳昱輝拍了拍自己，用江口雅子教他的唸法說著：「昱輝！妳呢？」

女子停下腳步，深情的看向他。

這份款款濃情讓吳昱輝有點錯愕，為什麼這女子眼看著快哭出來了，而且那眼神好熟啊！說到底，連這香氣也如此熟悉，這不是那香水的味道嗎？

「橋姬。」她劃滿微笑，淚水跟著滾落，只是淚水是紅色的。「你還記得我教你的日文，我好感動。」

咦？吳昱輝詫異的瞪大眼睛，她教他日文？

女子美麗的臉皮開始脫落，眼珠子向外滾出，裡頭出現的是另一張他該熟悉的臉龐，雙眼裡插滿了鐵釘，笑開顏的嘴裡也全是釘子，雙手溫柔的攀著他的胸膛——兩隻沒有手肘以下的手！

「不！不！雅子？雅子？」吳昱輝飛快地推開她，但是有更多隻手，由後勾住他的身子。

『親愛的。』沈珮恩在他的右手邊呢喃著。

『你不會離開我跟小咪的，對吧？』左手邊的林玉惠，扣著他的手臂往後。

『你會跟玉惠離婚，娶我的，對吧？』正後方傳來葉美好的聲音，她攬著他的頸子，緩緩的伸長脖子——但也只有頸子，她的頭被敲爛了。

吳昱輝整個人由背後被拖往橋邊，正對面的江口雅子俯身貼上，捧起他的臉，深情的意圖吻他。

「不！不！哇啊啊——」吳昱輝狂亂的叫著，而他的朋友正坐在車內，開啟暖氣，音響跟著大作，雪刷正在除雪，他卻未曾留意到九點鐘方向那只剩腳在橋上，身體快掉到橋下的人。

砰！

結冰的河面上開始龜裂，吳昱輝的頭插入冰裡，緩緩的染紅了河水，河面應聲裂開，四雙手同時纏繞在他倒栽蔥的身子上，慢慢的將他往河底拖。

車子亮起大燈，駛過橋面，來到橋頭。

「昱輝？昱輝？」男人下了車，左顧右盼卻看不見吳昱輝。「吳昱輝！搞什麼啊？不是說在這裡等我嗎？別真的被橋姬帶走了咧……」

男人低咒，進入車內，直直駛向料亭，猜想吳昱輝是怕冷又躲回了料亭。

紅色的河水裡沉入了一具屍首，冰塊再度聚集，這場雪會越來越大，河面會再度冰凍，隔天——或是隔幾天，終有人會瞧見紅色的河面。

然後，他們或許會打撈到兩具行蹤不明的屍首，緊緊纏繞著吳昱輝，至死不離。

The End

番外·目擊

賴軒姿站在櫃檯前，兩眼無神的望著地面，或是看著前方，但靈魂彷彿被抽離似的，連路人都能知道她心不在焉。

「抱歉。」後面有人在喚她，「您還好嗎？」

欸？她回神往後看去，是個陌生女人，她錯愕的搖搖頭，輕聲抱歉後，趕緊退到一旁。

她這才發現自己失神的站在走廊的中間，擋住了大家的行經之路，因此才有人搭話吧。

「真的沒事嗎？妳看起來不太舒服？」太太和藹的用日語問著。

她搖搖頭，再三保證自己沒事，只是有點睡眠不足而已。

她人正在百貨公司裡，趕緊找了個角落稍微回神，她已經三天沒睡好了，精神果然開始出現狀況，整個人都萎靡不振……揉著太陽穴，她是真的睡不著，只要想到三天前看到的景象，她只有滿腹的怒火。

她從來就不是吃素的，默默忍受向來不是她的個性！她拿起手機傳了幾封訊息，就等著回應。

三年前起隻身到日本打工，在陌生的環境與不同的文化中生存，她遭遇過非常多鳥事，絕對不會被輕易打敗！

陸續得到回應後，她握緊手機深呼吸，逕直走向這棟百貨公司咖啡廳。

心情不好也不能虧待自己，她一口氣點了三個精美的蛋糕，再搭上咖啡，先一個人好好享受，也沒忘記拍張美照，接著就是等待閨密的來臨。

「嘿！」桌邊終於出現身影，「妳怎麼樣了？好臨時喔！」

女孩焦急的跑來，看得出她的神色慌張，臉上都是汗，穿著白色的夏日洋裝，上氣不接下氣的來到她桌邊。

「妳先坐吧。」她指指對面的座位，「妳用跑的喔？我說過我一整天都會在這裡！不必那麼趕啊！」

「妳還說？事態看起來就很嚴重啊，妳很少示弱的，突然問我有沒有空，需要一個人聊聊，怎麼看都不對勁。」竹內莉子望著她，眉頭深鎖。「妳臉色好差啊！」

「這幾天都睡不好……」賴軒姿緊皺著眉，痛苦的搓著臉。「我真的是……真的——他有別人了。」

咦？對面的莉子一愣，登時僵住。

「誰？」好幾秒後，她才回神問了一句。

賴軒姿挑了眉，這還需要問嗎？

「井上？」莉子倒抽一口氣，「妳怎麼知道的？」

「我親眼看到的！我心情不好，決定一個人去泡湯，我在景區瞧見了他跟另一個女人親暱的挽在一起。」回想起那幕，賴軒姿拳頭都不自覺攥了緊。「妳說這麼快的無縫接軌，是不是之前就在一起了！」

莉子一臉比她還震驚的模樣，有點緊張。「妳等等……冷靜一下！妳有看到那個女人的臉嗎？」

賴軒姿搖了頭，「沒有，我當時就呆住了，直到他們走進去我才急著想追，結果來不及了，就沒看到那傢伙是誰。」

「但妳確定男的是井上？」

「我看著他從車子下來的，我可是先認出那台車，才看見他車上載了另一個女人。」賴軒姿不爽的又做了個深呼吸，「一星期，我們才分手一星期，他就能摟著另一個女人去泡溫泉？」

「哇塞……」莉子一時不知道該說什麼，剛好服務人員遞上菜單，她匆匆選了個義大利麵。

賴軒姿這才注意到她點的是正餐，「還沒吃飯？」

「嗯，我今天晚起，一起床就看見妳來的訊息，我第一時間就衝出來了。」莉子點完餐，正在組織著事情。「我先說一句不中聽的，姿，你跟井上已經分手了，嚴格說起來，分手後他愛交幾個是幾個。」

「我知道，道理我懂，但就是不爽！」賴軒姿氣忿的握住莉子的手，「因為這擺明跟我在一起時，井上就有別人了！難怪我一提分手，他也分得乾脆啊……」

「我。」

莉子略蹙眉，她話其實還沒說完。「那個……你們之間，是誰提的分手？」

「那……那……」莉子還真不知道該怎麼說，「他也不是因為劈腿才找理由跟妳分手，我也記得是妳提的分手，那妳現在是在氣什麼呢？」

「厚！妳不懂！這就是——」賴軒姿激動的想說點什麼，但卻說不個出所以然。

「馬的我就是不甘心！」

莉子皺著眉，就這麼歪頭看著她，她實在不知道賴軒姿是在不甘心什麼？想提分手的是她，因為她嫌井上對生活態度不認真，得過且過的過日子，也沒什麼上進心，想著保有現在的工作就好；假日在家除了打電動外，就是要跟朋友出去打球，連好好的約會都不願意。

再來就是井上要保留自己的時間，他們平時晚上如果見面後，回家後也不太看訊息或是通電話，搞得賴軒姿非常不爽，溝通數次未果；這點她也跟姿提過，這是日本人的習慣，他們很重視個人空間與時間的，她不能想著膩歪二十四小時啊。

這本就是異國戀情需要溝通跟跨越的檻，但軒姿的個性不能忍受這種事，她本就是比較強勢的個性，直說如果相戀的話，不可能不想聯繫，不想黏在一起，就表示不夠愛她。

總之，他們這兩年天天吵架，最終就是走向分手一途。

「妳不甘心？但是妳提分手的啊！」莉子頭可疼了，「難道妳現在想挽回他嗎？」

「不是！就算是我要分手，也不代表我能容許他在我們交往時劈腿啊！」賴軒姿依舊怒氣沖沖，「這樣想就合理了，為什麼他總是對我的事這麼不上心，那是因為他把其他時間都花在那個女人身上了！」

「那……妳想去興師問罪？」莉子提出了關鍵問題。

賴軒姿不悅的用鼻孔哼氣，她並不想挽回這段戀情，但就是不爽，才剛分手也要有點療傷期，就算她主動提分手，但她還是會心痛，畢竟跟井上交往三年了，這份感情確實存在過的。

但看著井上立刻找到新女友，她就是不爽！

「我有更好的方式。」賴軒姿拿出手機，朝著莉子搖了搖。「妳得陪我去！」

「什麼？」莉子看著那個網頁，背景寫著，「咒詛專業」。「這什麼東西啊？」

「我要對他們下詛咒！」賴軒姿用堅定的語氣，說著莉子覺得離譜的話語。

「啊？」

「丑時參拜！」

※　※　※

賴軒姿按照指示到了約定的車站置物櫃前，匯完款項後，得到了置物櫃號碼與密碼；這格置物櫃已經超過時間，所以她又繳了一些費用，但相較於「貨物」而言，其他都是小錢。

打開置物櫃，裡頭有一個封好的紙袋，她小心的打開，紙袋最外面就放了張提醒：請全程錄影並一一清點。

在置物櫃裡錄影真的是件麻煩事，但所幸附近人不多，賴軒姿還能抓個時間錄影！內容物大致是：一盒白粉、五德鐵環，蠟燭三根，木屐、小草人兩個、五寸釘子數根，以及鐵鎚。

好了，萬事俱備，只欠東風！賴軒姿清點完畢關上櫃門，將一袋物品好整以暇的放進背包裡，她今夜就要去對那個女生下咒術！

「丑時，凌晨一點到三點，挑選指定地點，以下僅供參考。」賴軒姿看著對方列出的地點，「他列的都有夠遠，我們找個安靜偏僻的地方不就好了？」

一旁的莉子嘆了口氣，她們面對面坐在某間餐廳裡，今天要熬夜，賴軒姿點了漢堡肉吃好吃滿。

「我說，妳真的信這個東西喔？花了多少錢？」她沒好氣的問著。

「欸，這你們國家的咒術啊，妳不信？」賴軒姿一臉不可置信。

「那是傳說，親愛的。」莉子有些不悅，「而且妳連那個女生都不認識，就要詛咒人家……為什麼不針對井上？」

「誰說我沒要針對他？」賴軒姿比了個二，「我有加購另一個草人，加購價有優惠喔！」

呃……好，真會做生意，一次不知道可以加購幾個喔？

「按照傳說，妳這樣詛咒之力會分散吧？沒有一心一意的對某個人下咒？」

「無所謂啊，我又不是要他們死，只是一個小懲罰，力道弱點也沒差！」賴軒姿聳了聳肩，「欸，妳麵包吃不吃？不吃給我喔！」

莉子實在是沒胃口，被拖著陪她來就算了，又不是度假，是三更半夜要去深山老林對人進行丑時咒術？這是什麼跟什麼啊！

她跟賴軒姿是上一個工作認識的，也就是這兒的旅館，一個古意盎然的世外桃源區，由於軒姿是外籍人士，當年她格外照顧了些，後來也就成為好朋友！軒姿個性爽朗外向又直接，在這個以婉轉有禮的國度裡吃過不少苦頭，她也細心的指導她必須融入這個社會，學會說話做事做人……軒姿很努力了，出生環境不同，實在很難強求。

敢愛敢恨她很明白，但沒想到……明明是軒姿甩了井上，結果卻對井上立刻跟其他人交往會不爽？而且為此還上網買丑時之女的下咒品？這是假的啊！

「我實在很想說妳被騙了。」莉子緊皺著眉，一臉憂心忡忡。

「妳已經說了。」賴軒姿還是一副滿不在乎的樣子，「被騙就算了！我沒差！但是可以來一次丑時之女的詛咒，妳不覺得很刺激嗎？」

呃……莉子愣住了，刺、刺激？

「搞不好釘完我就爽了，發洩完畢！」賴軒姿還能笑呢，「哎唷，就當作失戀治療嘛！」

噢……莉子突然有點懂了，「好好好！就陪妳！但就真的只有今晚，我明天得上班，不能再請假了。」

「沒問題！」賴軒姿比了個 OK，「我們待到天亮就下山！」

所以她只是想要一個發洩管道啊，那其實可以去唱歌，或買酒回家瘋也好，沒必要半夜到樹林裡去釘草人吧！莉子轉頭往窗外看去，這附近的衫木林白天是綠樹蓊鬱的好地方，但晚上一直都很陰森啊……不，重點是半夜進到哪個森林都是陰森的啊！

她們當然沒住在先前打工的高級旅館，而是隨便找了附近的廉價旅館混時間，因為這幾天都沒睡好，所以賴軒姿反而一躺下就睡死了，還是鬧鐘叫醒她們的。

十二點，山區很冷，她們穿著防水的運動羽絨衣離開小旅館，賴軒姿還沒忘記裡頭穿白色的衣裳；所有裝備她都放在背包裡，走起路來還會傳來鐵釘叮叮噹噹的聲響，兩人一人一支手電筒，便前往附近的杉樹林。

「施咒時要非常隱密，不能讓別人看見。」賴軒姿其實有一點點緊張，但更多的是雀躍。「釘釘子時也不能讓人聽到，所以我們得往深處走。」

莉子簡直舉步維艱，暗暗叫著：「天哪！」

賴軒姿記得當初打工時，這兒的人都有提過杉樹林深處有片沼澤，當地人都不太愛去，老闆也不許任何人前往，但換言之……保證人跡罕至！所以賴軒姿決定挑那兒作為施咒處！

兩人為伴的確可以壯膽，但是當深夜走在無人林中，伸手不見五指的黑暗依舊衍生了恐懼；一開始她們還能聊天，但隨著霧氣漸濃，地上障礙物過多，還有那詭異陰森的氛圍籠罩下，她們變成只能專心的照著地面，深怕自己不小心絆到而摔倒，也不敢往其他地方亂照，就怕看到不該看的東西。

賴軒姿只能聽見自己的呼吸與腳步聲，莉子則緊緊跟著她，沉默蔓延著。

「是不是……隨便找個地方就開始了？」走這麼久，方圓百里根本沒人啊！莉子輕聲提議。

賴軒姿果然停下腳步，莉子差點撞上時，她倏地回身一把壓下她的手電筒。

噓！

莉子緊張的立即關掉手電筒，同時與賴軒姿兩個躲到就近的樹後面，兩個人紛紛摀著自己嘴巴，就怕不小心會叫出聲。

與此同時，一道強光射了過來，遠處有人正用手電筒照向她們的方向。

啪……腳踩泥地的聲音在這寂靜深夜中異常明顯，對方往她們走近了幾步。

「搞得我神經過敏。」

熟悉的語言傳來，賴軒姿登時圓了眼！是母語！

燈光消失，腳步聲離開，莉子貼著樹幹緩緩滑下，動作極輕的蹲著，對面的賴軒姿也一樣，兩個人間隔五十公分比手劃腳：那個人也是來施丑時咒的嗎？不然凌晨是誰會來這裡啦！

嚓……沙土聲傳來，兩個女孩背脊一涼，瞬間又僵住了。

嚓……嚓、嚓，這聲音規律到聽久了好像能猜出些什麼，賴軒姿偷偷的探頭瞧去，這角度完全看不到來人，而且聲音在她們的十點鐘方向，有段距離。

她用掌心擋住手電筒，悄悄的打開。

幹什麼啊妳！莉子緊張的揮手，想叫她關上。

但賴軒姿用手擋住光，光就不會發散出去……她小心翼翼的照著附近的路，比比前方，她想到前面去看看。

為什麼？妳不知道不作死就不會死嗎？莉子激動的劈哩啪啦說著，當然全程只有嘴型。

但賴軒姿示意她待在原地，手電筒一關，直接壓低身子往前走去了！

賴軒姿！莉子內心一萬頭草泥馬奔過，看著她真的往前去，真的很想撿起就近的石子丟過去，為什麼非得跑過去！

莉子看著手上的手電筒，得想個方式遮擋起來，她沒賴軒姿這麼大膽，看不到路她會怕的……想了半天，直接取下圍巾包住，光源照地，也跟著賴軒姿的身後前去。

靠！蹲著往前探視的賴軒姿被她一拍差點尖叫出聲，回頭比著噓。

兩個女孩躲在暗處，發現那個人真的在十點鐘方向，大概距她們有二十公尺遠的地方，可以看見有個人影正在那兒鏟土，是個女人。

「不要怪我！要怪就怪妳自己！妳居然想毀了他的事業？」女人一邊挖土，一邊碎碎唸著。「愛他就不會想毀了他，妳這種女人怎麼有資格當吳太太？」

莉子聽不懂，但現在不是發問的時候。

「我才是最愛他的那個人，他的生活起居都是我在照顧的，妳放心好了，妳不在他也會過得很好的！」女人累得有點氣喘吁吁，稍事休息時，往右邊瞥了眼。「孩子，我不是故意的，但是妳看見了……我就不能留活口。」

兩個人嗎？賴軒姿簡直不敢相信，她們現在看到的是殺人現場？還是棄屍現場？

「呼……我本來還聽說丑時之咒很靈的，哼！妳不是本來也想來施咒嗎？但我告訴妳，人生還是要靠自己最實在。」女人扔下鐵鍬，鏗鏘聲讓兩個女孩嚇得又神經緊繃。「煩，不挖了！挖個土坑我得花多久……」

賴軒姿不敢再偷看，她們兩個乖乖的以最低調的方式蹲在大樹後，慶幸自己今天都穿黑色外套，完美的夜色保護。

她們接著聽見腳步聲，那個兇手不知道在忙些什麼，跑來跑去的，她越走動，只是讓她們心揪得更緊；好不容易再傳來拖曳聲，聲音往更遠的地方去。

呼……再偷看一眼。賴軒姿鼓起勇氣，站起來偷瞥，莉子心臟都要停了！

她想把屍體沉進沼澤裡！賴軒姿比手劃腳的，莉子意外的看得懂。

賴軒姿剛剛那一瞥，瞧見了她在屍體上綁東西，遠遠的望過去，屍體應該有塑膠布或垃圾袋包著，所以拖曳時會帶著點袋子窸窣聲。

「不要怪我！要怪就怪妳自己！」女人突然低吼起來，「我才是他最愛的女人！」

又是爭風吃醋！又是因為愛！

賴軒姿有點啞然，原來跟她一樣的女人這麼多啊……想起來有點蠢啊。

「我愛他愛到願意為了他殺人，殺一個兩個都一樣！我只要他好好的！以後不管是誰，只要妨礙他的路，我一個都不會放過！」

遠處的賴軒姿，進行即席翻譯。

媽呀！莉子瞪大眼睛，她從這句話裡只聽出：如果那個女人發現她們在這裡，一定會殺掉她們！

噓！我們不能被發現！莉子也開始比手劃腳，那女人不會放過我們的！

賴軒姿點點頭，深有同感，光是聽那女人語調裡的滿滿殺意，就知道她不是在開玩笑的。

她們不敢輕舉妄動，就這麼靜靜的蹲在樹後，賴軒姿已經不想再行什麼詛咒了，她真的沒有那麼愛井上，也就沒那麼恨他，純粹就是無聊的不甘願而已。

噗嚕嚕……水聲傳來，聽起來有屍體被沉進去了。

跟現在這名沉屍的兇手比起來，她真的沒那麼愛。

咚……第二具屍體聽起來很輕，剛剛兇手提到了孩子，那小孩像是被「丟」進沼澤裡似的，一個連孩子都能下手的人，手段有多狠厲，不言而喻。

莉子抱著雙膝，她只希望可以平安度過這一夜，緊張的轉向右手邊，賴軒姿也蹙著眉，眼裡淚光閃閃，對她說了句「對不起」。

對不起把她拖到這裡來、對不起莫名其妙要在三更半夜進森林搞什麼丑時之女，結果卻撞見了殺人沉屍現場，現在能不能安全度過今晚都是個未知數。

「我就是井上的新女友。」

突然間，莉子望著她，用氣音說了出口。

賴軒姿瞪著她，腦袋一片空白，但沒有幾秒，就緩緩的做了一個又長又久的深呼吸。

難怪……她那天就覺得背影有點眼熟。

莉子喉頭緊窒，但沒有得到賴軒姿的任何回應，沼澤那邊再也沒有聲音，但卻也沒有兇手離開的腳步聲，這種沉悶與壓力更令人難受；她們不敢出聲不敢動，甚至到後來還把臉埋進圍巾裡，就怕連呼吸聲都被聽見。

不知道過了多久，腳步聲終於響起。

「安息吧！希望妳下輩子當個好女人。」兇手進行最後的祝福後，腳步聲朝她們走來了！

天哪！兩個女孩背部緊貼著樹幹，聽著足音逼近，仔細想想……對啊，這個女人是怎麼進來的？她一定也是從外面走進來啊！跟她們一樣的路徑，只是還拖著兩具屍體！

拖著兩具屍體是要怎麼走啊？孩子可以用抱的，那大人呢？

腳步聲越來越近，莉子讓賴軒姿遮去臉部，拿下所有可能會反光的金屬，手錶或是背包扣環等等，她們迅速但發抖著並動作，賴軒姿抱著背包，把整顆頭都埋在背包後，蹲踞的雙腳抖得厲害，得圈著才不會晃得嚴重。

腳步聲由後方逼近，但是，不是在她們正後方，而是在她們的左手邊，手電筒的光正照在地上，最靠近的莉子收了膝蓋，多怕不小心被照到。

噠噠、噠……人影從她左手邊經過，她埋在圍巾後的雙眼悄悄睜開——那個女人只距離她們兩公尺遠而已！

藉著手電筒，可以清楚的看見那女人穩健的往前走去，賴軒姿也從背包後探出頭，看著那身影漸漸而遠去，但黑暗林間的那束光，直到兇手走得很遠很遠後，還是清晰可見。

所以即使光點消失，她們還是沒人敢動，蹲得太久腳就麻了，她們乾脆坐在原來的樹下，因著天寒露重瑟瑟顫抖，也沒人敢說句話、沒人敢點亮手電筒，沒人敢喝口水，就怕突然間有人會折返、就怕遠方的燈再度亮起。

因為沒有人知道，會不會有第三或第四具屍體。

煎熬的時光度日如年，直到天矇矇亮時，她們才開始活動發麻的身軀，想著或許是可以準備離開了。

但從「想」到付諸實行，還是有段距離，真的直到天色大亮，可以清楚看見樹林間的樣貌後，她們才敢邁開步伐。

賴軒姿朝莉子伸出手，她沒有片刻遲疑的握上，兩個女孩十指交扣，不必言語的走到所謂的沼澤區去，看著一大片沼澤靜謐安詳，一旁爛泥處處，沼澤上漂著許多落葉斷木，但誰也不知道，屍體沉在何處。

「怎麼辦？」賴軒姿幽幽的看著沼澤，「說？還是不說？」

莉子沒說話，只是蹙著眉。

接著她們依舊緊緊交握，順著來時的路走出去，一路上沉默依舊，兩個人在想的都是說或不說、直到快出杉樹林時，她們也不敢貿然走出，還是很怕會撞見兇手。

「三、二、一吧。」賴軒姿用力做個深呼吸，「不管有沒有共識，都是一起擔。」

因為如果兩人持相反意見，想去通報的人還是會去，一旦通報，身為目擊者的另一人勢必會一起捲入！所以不管結果是什麼，都是一起擔了啦！

「好。」莉子闔上雙眼，「三、二、一——」

「不說！」

這兩個字，幾乎是異口同聲。

兩個女孩望著彼此，先是幾秒的呆愣，然後賴軒姿突然像鬆一口氣似的笑了起來。

「真的假的？」賴軒姿有點開心，「我是不想惹麻煩，要是通報了，還得解釋我們半夜去那邊幹嘛？說散步太假，說我要釘草人當丑時之女又太蠢！而且萬一被報出來，會不會影響到我以後在這裡工作啊！」

莉子有些無力，賴軒姿想的是這個？

「我沒想那麼多，我怕的是被兇手殺掉！那個兇手是你們國家的人吧？我們沒看到臉也不知道身分，她在暗我們在明，別還沒上法院指認，我們就先被殺了！」

「對，也有這個考量啦！」賴軒姿才不管什麼原因，「總之，說好了不說。」

「說好了。」莉子肯定的點頭。

「那從今天開始，我們就絕口不提這個話題。」

兩個女孩伸出小拇指，認真的打了勾，代表一個承諾，她們昨晚什麼都沒看見，什麼都不知道，都待在旅館內一夜到天亮。

走出杉樹林，附近沒有人煙，只有清晨的薄霧飄渺，兩人依舊緊牽著彼此的手，往旅館的方向走去。

「跟井上的事，是我先告白的，我們現在是試交往階段，因為還沒確定所以不敢跟妳說，那天泡溫泉也是分開泡的。」

莉子緊張的再度提起這件事，賴軒姿瞥了她一眼。「喔。」

就這麼喔了聲。

「妳可以打我！也可以罵我，就打我幾拳消消氣也好。」莉子已經準備好了，「就是別再玩什麼詛咒了，與其釘那個，不如衝著我發火！」

「啊？我為什麼要生氣？」賴軒姿哈哈的笑了起來，「拜託！我現在覺得生命誠可貴耶！沒弄好我們現在都在沼澤裡了是不是！」

呃……莉子錯愕的咬著唇，話是這麼說啦！

「拜託，妳在想什麼？妳想想被沉下去的人。」賴軒姿搖了搖頭，「說不定這一輩子都不會有人找得到她們咧！比起來，還能喜歡人的我們多幸福，有什麼好計較的啦！」

莉子眨了眨眼，好泰然啊！軒姿說得沒錯，昨晚這一遭，她也有種命撿回來的感覺！但是——

「我一直沒說也是我不對，我應該……」

「哎，我怎麼不知道妳喜歡井上？什麼時候的事？幹嘛不早說？」賴軒姿用肩撞了她一下。

「早說妳讓給我嗎？」

「欸……說的也是！但說不定我會提早分手，犯不著拖這麼久啊！我多拖了一年耶！」賴軒姿還拍了拍莉子的背，「反正我是真的沒要挽回他的意思，妳加油！」

莉子挑高了眉，「真心的？」這跟她想的狀況完全不一樣！

「真心的！我還會再找到更棒的！」賴軒姿勾起了微笑，望著正前方的晨曦！

還能看見太陽，就沒什麼好抱怨的了！莉子內心還是不安，但又很感動，或許正是因為經過昨晚的事情，軒姿的心才會放得這麼開吧？

跟性命攸關的事比起來，很多事都顯得微不足道了。

「那……我們去吃早餐吧！」莉子提議，「直接就退房了吧，反正我們也沒帶什麼行李！」

「好！我知道有一家新開的台式早餐店喔！妳不是一直想吃吃看？我們立刻坐JR回去吃！有正港的蘿蔔糕喔！」

「哇！真的假的！好棒！在哪裡啊？」莉子重新伸出了手。

「跟我走就對了。」賴軒姿也再度緊緊握住，「還有蛋餅、豆漿，我跟妳說，這一晚上我都快餓死了，我一定要吃一大堆！」

「喂……欸欸欸！不要用跑的啦！」

賴軒姿的包裡，已經沒有那些釘子的碰撞聲，因為早在剛剛，她就把那包丑時之女必備詛咒物，一起丟進沼澤裡了。

她想，這輩子她都不需要那種玩意兒了。

那個兇手說得對，什麼詛咒？什麼丑時參拜？有什麼事比得上靠自己可靠呢？

後記

很多事真的都是轉眼間，距離《丑時之女》出版也十年了，都覺得像是去年的事而已。

這十年歷經了許多事，《異遊鬼簿》系列繼續重新出版，二〇二一的現在，依舊感謝有您，陪著我走下去。

謝謝購買本書的您，購書才是對作者最實質且直接的支持，沒有您們的購書，作者便無法繼續書寫，萬分感謝、銘感五內！謝謝！

更願二〇二一台灣疫情快點過去，寰宇安寧。

笭菁

異遊鬼簿II
丑時之女

等菁作品44

作者	等菁
封面繪圖	Fori
美術設計	三石設計
總編輯	莊宜勳
主編	鍾靈
編輯	黃郁潔

出版者	春天出版國際文化有限公司
地址	台北市忠孝東路四段303號4樓之1
電話	02-7733-4070
傳真	02-7733-4069
E-mail	frank.spring@msa.hinet.net
網址	http://www.bookspring.com.tw
部落格	http://blog.pixnet.net/bookspring
郵政帳號	19705538
戶名	春天出版國際文化有限公司
法律顧問	蕭顯忠律師事務所
出版日期	二〇二二年四月初版
定價	280元

總經銷	楨德圖書事業有限公司
地址	新北市新店區中興路二段196號8樓
電話	02-8919-3186
傳真	02-8914-5524

國家圖書館出版品預行編目資料

異遊鬼簿II：丑時之女 / 等菁作 . --初版 . --臺北市：
春天出版國際, 2022.04
面；　公分
ISBN 978-957-741-511-0 (平裝)

863.57　　　　111003052

ISBN 978-957-741-511-0
Printed in Taiwan